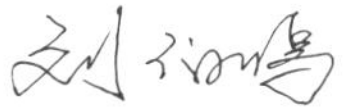

水压机就是我的第二生命，我要把毕生精力献给共和国的锻造事业。

“大国工匠人物传”丛书

刘伯鸣

让中国锻件立于世界之巅

刘国强◎著

中国工人出版社

图书在版编目（CIP）数据

刘伯鸣：让中国锻件立于世界之巅 / 刘国强著. —
北京：中国工人出版社，2024.4
ISBN 978-7-5008-8421-7

Ⅰ.①刘… Ⅱ.①刘… Ⅲ.①传记文学－中国－当代 Ⅳ.①I25

中国国家版本馆CIP数据核字（2024）第070467号

刘伯鸣：让中国锻件立于世界之巅

出 版 人	董　宽
责任编辑	刘广涛
责任校对	张　彦
责任印制	黄　丽
出版发行	中国工人出版社
地　　址	北京市东城区鼓楼外大街45号　邮编：100120
网　　址	http://www.wp-china.com
电　　话	（010）62005043（总编室）　62005039（印制管理中心） （010）62379038（社科文艺分社）
发行热线	（010）82029051　62383056
经　　销	各地书店
印　　刷	三河市万龙印装有限公司
开　　本	880毫米×1230毫米　1/32
印　　张	6.125
字　　数	65千字
版　　次	2024年5月第1版　2024年5月第1次印刷
定　　价	49.00元

国之大者，工匠先行

——“大国工匠人物传”丛书总序

在新中国成立75周年、中华全国总工会即将迎来成立100周年之际，中国报告文学学会、中国工人出版社联合推出“大国工匠人物传”丛书，向伟大的祖国献礼，向广大劳动者致敬！

“知者创物，巧者述之守之，世谓之工。百工之事，皆圣人之作也。”这是中国所见年代最早的关于手工业技术文献《考工记》中对工匠的记载。“工”之责在于造物，“匠”者为能工鼎识者也。

幼时，老家云南昆明大板桥的老街上，从南头到北头，都是大大小小的手艺人，木匠、石匠、焗匠、骟匠、竹篾匠、鞋匠、箍桶匠……空气中飘荡着木匠的刨花香和石匠敲打出来的粉尘，充满着焗匠手中皮带的“吱扭扭”声、骟匠刀下小猪猡的闷哼、箍桶匠皮锤不轻不重的敲击声。老街上的竹篾匠是我的一个表姨夫，他来自四川，有着一手出神入化的编造竹篾手艺。粗壮的毛竹是表姨夫手中的“百万雄兵”，在一把锋利无比的刀的指挥下，被劈成厚薄、粗细不一的篾。表姨夫的本领仅次于撒豆成兵的天神，他能化篾成物，一般家里能见到、用到的器物，他都能用竹篾编出来。母亲曾命我在老街上买一个暖水瓶的内胆，然后去表姨夫的摊位上，坐等他为暖水瓶胆编制一件竹制的外壳。那个暖水瓶至今还在我家老屋的一个角落里。竹篾壳早已被岁月包了浆，虽然久不使用，却依然油润、红亮。这便是我幼时对匠人的记忆。

五千多年的中华历史长河中，涌现出了无数能工巧匠，他们或如明月光照，或如星河璀璨。一代代薪火相传的工匠精神，不仅成就了那些流芳百世的绝世建筑与器物，更是烛照我们通向文明现代化进程的精神之光，是我们文化的自信心、民族的根与魂。

从“嫦娥”探月到“祝融”探火，从“北斗”组网到“蛟龙”深潜，从港珠澳大桥横跨三地到大兴国际机场凤凰腾飞……这些挺起中华民族脊梁的大国重器、世纪工程背后，无不凝聚着万千工匠的心血和汗水，映照着工匠们孜孜以求、拼搏奋进的身影。

本套丛书收录的是全国总工会历年评选出的大国工匠

的人物传记。他们当中有焊接高铁的“工人院士”李万君、打破国外高端设备维修垄断的王树军、让中国锻件立于世界之巅的刘伯鸣、“人刀合一”的顶级钳工李凯军、在高空“穿针引线”的竺士杰、油田里的创新能手刘丽、了不起的“钢铁裁缝”艾爱国、数控机床上的“雕刻师”孟维、让三星堆文物“活”起来的郭汉中……他们有的是传统加工业的锻造者，为了突破技术瓶颈精益求精；有的是新兴制造业的探路者，为了实现精密制造巧思妙想；有的是军工行业的铸剑者，为了打造国之重器默默坚守；有的是民间手工艺的守护者，为了传承非遗文化精雕细琢……他们奋战在国防军工、装备制造、传统工艺等行业的第一线，以久久为功的钻研和创新，造就了一个个传奇。

这些杰出的工匠，尽管行业不同、岗位不一，成长经历各异，但他们都有着爱党爱国、敬业奉献、创新争先的优秀品质。他们耐得住清贫与寂寞，用灵巧的双手和精湛的技艺，数十年如一日地在平凡的岗位上雕琢自己心中的梦想，以实际行动诠释着“执着专注、精益求精、一丝不苟、追求卓越”的工匠精神。“天下大事，必作于细。”工匠精神既是中华民族技艺世代传承的价值理念，又是中国开启新征程，从制造业大国迈向制造业强国的时代需要。

“大国工匠是我们中华民族大厦的基石、栋梁。”2024年3月5日，习近平总书记参加十四届全国人大二次会议江苏代表团审议时强调“树立工匠精神”，指出“没有金刚钻，揽不了瓷器活”，要“把第一线的大国工匠一批一批培养出来”。党的十八大以来，习近平总书记对建设高素质劳动大军高度重视，强调“当代工人不仅要有力量，还要有智慧、有技术，能发明、会创新，以实际行动奏响时代主旋律”，深刻阐述工匠精神“执着专注、精益求精、一丝不苟、追求卓越”的内涵要义，号召全社会弘扬工匠精神，“为全面建设社会主义现代化国家、实现中华民族伟大复兴的中国梦提供有力人才和技能支撑”。

“匠心聚，百业兴。”无论是传统产业，还是新兴产业、未来产业，大国工匠在发展新质生产力的历史进程中不可或缺。随着经济发展方式转型和产业结构升级，中国要实现由制造大国向制造强国的转变，实现由中国制造向中国创造的跨越，离不开广大劳动者的创新和创造，更离不开对工匠精神的继承和发扬，于是呼唤更多大国工匠成为时代强音。

文艺是时代进步的号角，最能代表一个时代的风貌，最能引领一个时代的风气。中国报告文学学会、中国工人出版社联袂推出“大国工匠人物传”丛书，以图书的形式为大国工匠树碑立传，让他们的故事和精神具有更广泛的交流传播价值和长久的史料价值。本套丛书的写作者奔赴大国工匠生活的城市，深入大国工匠工作的厂区、车间、工作室，获取了全面细致的第一手材料，最终将大国工匠的成长、成才故事呈现在读者面前。

“大国工匠人物传”丛书讲述的是个人奋斗史，也描绘出大国工匠的群体形象。可以说，这套丛书是目前国内系统研究众多大国工匠人生轨迹的权威读本，既有对每位大国工匠的整体介绍和事迹梳理，又有具体的事件、案例，全面、生动地展示了大国工匠各个人生时期的工作和生活状态。

新时代是奋斗者的时代，中国式现代化建设新征程这一宏伟事业为广大工匠技能人才成就梦想提供了广阔舞台。每位劳动者都是主角，都可以成为工匠精神的践行者。大国工匠是新时代的最美奋斗者，更是和平年代当之无愧的英雄。

国之大者，工匠先行，向着中华民族伟大复兴的目标砥砺奋进，行稳致远。

是以为序。

于 2024 年仲春

目　录

引子 三块红色

如果说黑龙江省松嫩平原的齐齐哈尔，是立足在世界仅有三大黑土带上的“威武壮汉”，那么，距齐齐哈尔仅35公里之遥的富拉尔基，便是别在“威威壮汉”胸前的“红色勋章”！

富拉尔基像位时尚达人，每个季节都要换上新装——春季，冰雪融化后，黑土地像少妇一样高高挺起悸动的胸脯，做好哺乳万物的准备；夏季，像满腹锦绣的豪迈画家把大地抹成浓浓深绿，展示一望无际的繁荣和茂盛；秋季，成熟的稻谷高高捧起辽阔的原野，让大地放射黄灿灿的彩霞；冬季，所有的城市、乡村都披上了洁白耀眼的雪袍，以晶莹剔透的颜色展现大东北的高洁！

不管哪种颜色，都在尽其所能“衬浓托月”，把别在胸前的“红色勋章”衬托得更加耀眼、光芒四射！

2023 年 10 月 22 日，笔者第一次踏上富拉尔基这片热土，便被这耀眼的“红”所吸引。在此采访九天，更是被红色的色彩、红色的建筑、红色的历史和红色的未来，以及大国工匠们一颗颗红色的心、“红色的事业”、红色的思想震撼——至少有“三块红色”深深地感染了笔者，这才有了如下似乎在熔炉里烧过、在水压机上锻打过的“红色文字”。

第一块“红色”，富拉尔基为达斡尔语，意为红色的江岸。彼时嫩江沿岸到处都是玛瑙、琥珀、翡翠、珊瑚石块，远远望去，在太阳照射下发出红色光芒，吸引达斡尔先民在此定居，名字亦由此而来。

善骑射、征战，性格火辣、能歌善舞的达斡尔先民，最早看好这里，于是在此扎寨建屯、繁衍生息。

第二块“红色”，发祥于 20 世纪 50 年代。新中国的设计者大笔一挥，把这里规划成重工业机器制造重镇，成为国家第一个五年计划的重量级工厂。当时在苏联援建的国家重点项目中，富拉尔基就占了三个。

曾任国务院文化部副部长、解放军总政治部文化部部长的著名作家刘白羽先生，1958 年来此采访，被眼前的景象深深感染，其散文《从富拉尔基到齐齐哈尔》，至今仍洋溢着扑面的热情："富拉尔基像太阳刚刚从地平线上升，一座座新的工厂正在诞生，这边新的厂房刚刚矗立，那边一大片通红的钢架又耸入天空。"

"富拉尔基的夜景多么美啊！我到富拉尔基的第一个夜晚，很久很久地不能入眠，因窗外这幅图画吸引了我。你看，嫩江边岸上展开的大工业区，一片灯火就像天上撒下来无数颗星星，而那电焊的蓝光如同夏天的闪电，一晃一晃。"

中国一重集团有限公司在当时被称为中华人民共和国第一重型机器厂。因其产品屡屡为国争光，周恩来总理称该厂为"国宝"。

在中苏友谊高歌猛进的时期，从工厂到家属宿舍，这里全套复制了苏联乌拉尔重机厂的图纸和建设。

盖上号称"十里厂区"的红砖房，数万人在此安身立命。工厂前方，为新中国当时最时尚的起脊三层红砖苏式家属房，成为吸引国内外游客眼球的“打卡地”，也是彼时工人家属宿舍高水准的“代表作”。

笔者来时，这些红色的住宅建筑虽经历七十多年风雨剥蚀，却仍然坚固完好。这些红砖房数次易主，每块苍老破损的砖上都挂着笔者所不知道的故事，那些修补过的砖缝和门窗，都成为后人无法破解的谜面。令人欣喜的是，它们身上所挂的文物保护标牌，成为它们“延年益寿”的护身符，也为后续故事埋下了伏笔。

第三块“红色”从富拉尔基“中国一重”冉冉升起，

“中国一重”全景

“中国一重”近景

翻洋越海，跨过崇山峻岭，站在全球锻件之巅！

站在世界锻件技术高峰，当“中国一重”成为中国同行的领军企业、成为世界同行业的翘楚时，回望曾经被外国人“卡脖子”的岁月，仍令人不寒而栗！

超大锻件是重大装备的脊梁，“腰杆子”不硬就矮人一头，就要受制于人。这种锻件是制造难度极大的核心技术，等不来、要不来、买不来。中国在全球招标，美国西乌公司中标，同意转让全面技术制备，但，唯独锻件不转让！在关键地方被人“卡脖子”太难受了，导致国家重大项目无法开工！

举全国之力研发多年，终于研究出制造超大锻件的设计方案，但，谁能做出来，又是摆在“中国一重”面前的一道大难题！

恰如美国首富、著名企业家马斯克所说：“创造比设计难一百倍！”

关键时刻，中国一重集团公司刘伯鸣挺身而出，把文字上的东西变成现实，把图纸上的设计变成实物，一战成名！

我写采访时，刘伯鸣一再强调：“锻造是集体的智慧，通过团队努力才能实现，不是我一个人所能干的。”但，我还是要重提那句老话："火车跑得快，全靠车头带。"

"中国一重"人才济济，工匠、技师人才济济，就像红色的江岸铺满玛瑙，但，刘伯鸣却是最闪亮的那一枚。

刘伯鸣获得过"全国劳动模范""中华技能大奖""2019 年大国工匠年度人物""央企楷模""全国岗位学雷锋标兵"等荣誉称号；他还独创了 52 种锻造方法，开发了 43 项锻造技术，先后攻克核电、石化等产品锻造工艺难关 100 余项，填补国内行业空白 50 余项；出色地完成了三代核电锥形筒体、水室封头、主管道，世界最大 715 吨核电常规岛转子等超大、超难核电锻件和超大筒节的锻造任务 30 余项。一大批大国重器由刘伯鸣和他的团队在创新中攻克重重难关，以高超的技能和火热的爱国情怀，打破外国技术垄断，为提升我国超大型锻件极端制造整体技术水平和国际竞争力接连创造奇迹，为国家作出了突出贡献。

中共中央总书记、国家主席、中央军委主席习近平，曾经两次接见刘伯鸣——

2023 年 10 月 9 日，在庄严的北京人民大会堂，刘伯鸣作为中国工会十八大代表与习近平总书记和国家领导人在主席台就座，参加大会开幕式。

2020 年 11 月 24 日，北京人民大会堂响起嘹亮优美的音乐，刘伯鸣作为黑龙江省仅有的两名劳模代表之一，登上主席台。习近平总书记与党和国家领导人神采奕奕地走上主席台，为刘伯鸣等人颁发全国劳动模范证书。当刘伯鸣从党和国家领导人手中接过证书时激动得心潮澎湃、热泪盈盈……

2018年9月26日，嫩水欢歌，艳阳高照。“中国一重”的红色厂区，用五颜六色的秋叶彩妆打扮自己，显得格外生动迷人。习近平总书记来东北工业重镇富拉尔基，到“中国一重”调研。习近平总书记兴致勃勃地观看中国自主

2020年11月24日，在北京人民大会堂，刘伯鸣（前排左一）作为全国劳模代表登台领奖

研发的大型锻件产品，深深地沉醉其中，像艺术家欣赏艺术杰作一样着迷……

在水压机锻造厂，作为中国超大锻件制造领军人，刘伯鸣第一个向习近平总书记汇报：“总书记您好，我就是您刚刚看到的这台 15000 吨水压机的操作者刘伯鸣，我在这里工作了 28 年。”习近平总书记用温暖的目光注视着刘伯鸣，紧紧地握住刘伯鸣的手。刘伯鸣激动地向习近平总书记汇报：“您身后的这些核电产品均是我和我们操作团队锻造出来的，有多项产品打破了国外垄断，赢得了国际话语权。”

习近平总书记欣慰地看着刘伯鸣说：“你们是有功之臣啊！”

第一章 当春乃发生

1971年5月30日正午，富拉尔基春草茂盛，春花盛开，春枝妩媚。天空中成双结对的白天鹅和鹭鸶、野鸭凌空展翅，“中国一重”家属房四周莺歌燕舞，这些候鸟们有的翻越高加索山脉，有的跨过日本海，纷纷回到阔别已久的富拉尔基，热情地在嫩江沿岸修补旧巢，重建新家，一幅生机蓬勃的长画卷轴正悄悄打开……

突然，在一座又窄又小、加上厨房才九平方米的砖房卧室里，传出一个底气十足的男婴的啼哭声，刘伯鸣伴着春天的脚步，兴致勃勃地向这个世界来报到。一阵阵不会押韵、没有平仄的啼哭，却成为这个家庭最富诗意的代表作。

小伯鸣强劲的声音仿佛是集结号角，邻居们纷纷跑来祝贺，这个提一篮鸡蛋，那个拿几斤白面、几斤小米，有的送来几张粮票、几张布票。小屋挤不下这么多人，热情的工友和邻居们前客让后客，匆匆地看看小伯鸣，把祝福和心意留下，把兴奋和牵挂带走。母亲方桂琴把工友和邻居们的名字，一个一个工工整整地记在小本上。

几年以后，咿呀学语的小伯鸣突然扔了手里的“看图识字”，惊奇地问母亲精心保管的小本子里记了什么，母亲说：“这些都是帮助过咱家的恩人。”母亲的食指指尖轻轻地点着小本上的名字，用圆润的声音悄声读着，突然把目光转向小伯鸣，说：“孩子，记住了，咱一辈子不能忘记这些好人哪！”

小伯鸣虽然没能听懂母亲的话，但他心里已经明白，这些都是母亲“在意”的人。母亲在意，自己就要在意。

20 世纪 70 年代，中国城乡普遍物资匮乏，买布要布票，买粮要粮票，买肉要肉票。不必说房子窄小、穿衣带补丁、出行主要靠双脚，连吃饭都要节省，严格执行计划，多吃稀粥少吃干饭，稍不留神“虎头蛇尾”，月末就会“断顿”……

母亲方桂琴是民办教师，每月工资20元；父亲刘景敏在“中国一重”武装部当作训科科长，月薪39.6元。方桂琴每月开工资后的头一件事，就是赶紧去邮局，给远在辽宁盘锦农村的公婆寄去10元钱。

但是，刘景敏和方桂琴两口子却是远近闻名的热心肠，谁家有大事小情都主动上前帮忙，有钱给钱，有物给物，拿同事当好友，拿邻居当亲戚。

军人出身的刘景敏更是“豪放派”，战友和同事们风传一句话：有困难找刘景敏啊，他有求必应。

一些好请客的同事前半个月大方，后半个月钱包空空，便“耷拉头”，这些“月光族”们一提请客便如惊弓之鸟，向后退。这时刘景敏就会挺身而出，啪啪拍几下胸脯：“兄弟们喝酒去，走，我安排！”

义气如暖光四射，似花朵盛开，既能“感染人”又能吸引人。若干年后，刘伯鸣同样模仿父亲的豪情，在婚后生活费用入不敷出的条件下，他仍然一次又一次豪气地向工友们发布“喜讯”：“喝酒去，今晚上我安排！”

刘伯鸣儿子刘效余才四五岁，便继承了刘氏家族的豪放做派，每当有人提吃饭，小效余便昂首挺胸、拍着小胸脯说："我安排！"

这是后话。

1968 年，刘景敏手攥 390 元转业费，先给盘锦的父母寄去 50 元，剩下的钱便是他和方桂琴结婚的"全部资产"。家里唯一值钱的"大件"，便是娘家陪送的一辆永久牌自行车。

当时上海生产的永久牌自行车不仅贵，还格外抢手，特别难买。为防刮伤磨伤，方桂琴专门托人买了高档、紫红色的大绒布，把自行车梁和前后叉包裹得严严实实，像陈列品一样摆在屋里，舍不得骑。

小叔子来家串门儿盯着这辆自行车看，对刘景敏说："三哥，我喜欢这车子。"

这天晚上，刘景敏在屋子里转了好几圈，欲言又止。

"有啥事就说呗，你看你，"方桂琴笑眯眯地催促丈夫，"你都把我转迷糊了！"

刘景敏走到自行车前，轻轻地摸了摸车把，这才张口："我弟喜欢这车子。"

"喜欢就骑走呗！"方桂琴爽快地表态。

"以后咱有钱了，我再给你买一辆，跟这个一模一样的！”刘景敏激动地承诺。

岁月呼呼迈进、往而不返，收入总是进少出多，像大人穿小孩子衣裳一样捉襟见肘，风华正茂的青年夫妻转眼间已两鬓斑白，这个“以后”始终没有到来……

方桂琴跟丈夫一样，向来不把自己的得失当回事，总是怀着一颗感恩的心，铭记着别人的好。

小伯鸣出生后，为了节省每月送幼儿园的费用，每天上班前，方桂琴都把小伯鸣放在摇车里包好，四周用绳子拦上，以防他爬出来。上午、下午，她回来两次喂奶。

这天，方桂琴刚一进屋，吓得脸都白了，满头冒汗——小伯鸣早就醒了，两只小手胡乱舞动，绳子已经缠在了脖颈上！如果方桂琴再晚回来几分钟，小伯鸣就没命了！

方桂琴抱起孩子热泪双流，又后悔又为难。她后悔自己大意，险些酿成大错。有很长一段时间，夫妇俩都因没钱送幼儿园又没人照看孩子而为难。邻居张婶知晓实情后，主动找上门来，说自己可以精心照看小伯鸣两年，且分文不取。

方桂琴和家人铭记这些恩情，并想方设法扩大报恩范围，让人间美好若春花一般款款绽放，如休眠的种子一样逢春萌芽、绿遍原野。

世界这么大，据说两个人相识要五百年的缘分，那成为邻居、工友，要上千年的缘分吧？

两口子特别珍惜缘分，把帮助别人当成美好的享受。即便在自己尚未脱贫的时候，每当有工友提出借钱，无论自己多么难，刘景敏都不忍拒绝。

20 世纪 90 年代初，一位工友特别困难，想做向工厂卖草的生意扭转困境，却苦于“缺底垫”，向刘景敏借了

刘伯鸣工作场景照

三千元。“放心吧，”工友表态道，“用不了几天，钱就倒出来了，最多半个月我一定还！”

当时刘景敏月薪不到百元，三千元不是小数目。刘景敏家全部积蓄只有两千多元，却不忍回绝工友那可怜巴巴的眼神，也期盼他做卖草生意能从此时来运转，过上好日子。刘景敏跟妻子商量后，又向别人借了些钱凑够数，才交给工友。

半个月过去了，工友并没有还钱。

一年过去了，工友没有还钱。

十年过去了，二十年过去了，工友还是没有还钱。

直到今天，那位工友也没还这笔钱。

其实，刘景敏和妻子早就达成共识：“这钱咱不要了。”

如果心怀友善，世界上所有的相遇都是久别重逢。

工友王国友离婚后，独自抚养十多岁的儿子，生活十分困难。彼时，刘景敏和方桂琴两口子也相当困难。家中的老二——刘伯鸣姐姐刘伟出生后 17 个月，就被送到哈尔滨托姥姥抚养 9 年，直到上小学才回到富拉尔基。

刘伯鸣弟弟刘伯志出生后，又送到哈尔滨姥姥家抚养，也是上小学时才回来。每次姥姥从哈尔滨寄来换季衣物和生活用品，都要夹十元或二十元钱，以补贴女儿家的生活。尽管这样，却丝毫没有阻挡刘家人为工友和邻居们解困救急。

刘景敏心灵手巧，靠下班后的业余时间做家具贴补家用。他便以此为切入点，变相地补助王国友：“这样，咱俩合伙干木匠活儿，挣钱了二一添作五，平分。”

王国友吃惊地愣了一会儿，突然张开双手说：“我什么也不会啊？”

“没事，你给我打下手，”刘景敏和蔼地补充道，“我让你咋干你就咋干，一学就会。”

王国友仍然为难，他白天上班、夜晚干木匠活儿，孩子没人照看。

“这好办，”热心肠的刘景敏豪放地表态，“你们爷俩干脆住在我家吃在我家，今晚就搬过来吧！”

刘景敏绞尽脑汁“量体裁衣”，根据木料和市场需求计算成本、选择家具品种，设计家具样式，购料、画图纸、量尺、画线、下料、制作、刷彩、刷油漆、销售一条龙，方桂琴负责一日三餐把可口的饭菜端上桌，晚上烧好洗脚水。王国友爷俩连房屋的水电费都不用交，在艰苦岁月中拥有了一段无忧无虑的美好生活。

刘景敏特别能节省成本，利用休息时间去乡下买便宜

刘伯鸣在查看作业成果

的木料，经常用手推车、倒骑驴推回家，木料多时就雇生产队的拖拉机、大马车运回来；千方百计地去工厂买些废旧包装箱，回来起钉子，砍掉油污处，用手锯破成板子。恨不能挽日不落、点月当灯，他经常熬个通宵达旦……

刘景敏做的家具供不应求，常常刚运到市场，就被早已等候的买家“哄抢”。一张“结实牌”已经足够“吸睛”，当着顾客的面，刘景敏打开家具的“背面”和“后台”，让买者真切地感受到货真价实，这是“能传辈的家具”。刘景敏还特别喜欢制作前卫的“最新款”产品，抢占“时尚高地”，因而特别受年轻人喜欢。同时，刘景敏又占据“价格洼地”——都是自己打的，能合上成本就行了，何必扛价呢?

在计划经济单位分配公有住房时代，由于房源缺稀，排队多年，单位总算给刘景敏分了新房。夫妻二人曾经有过美好的计划，把老房子出租了，以房租补贴家用，从而缓解一下财务的紧张状况。搬家前他们一商量，决定颠覆性地改变原计划，又把帮忙提升到新的等级：把旧房子留给王国友爷俩住，刘家不收一分钱房租，还负责交水费和电费。

孩子一个个地上学，收入小幅挪移，开销却大踏步地前进。每一次拆东墙补西墙，两口子都拧紧眉头。但是，看到王国友和孩子不再因没房住而忧愁，刘景敏和方桂琴笑逐颜开，比买彩票中了大奖还高兴……

第二章 父母是孩子的第一任老师

翅膀需要天空，蜂蝶热爱鲜花，牙齿执迷咀嚼，胃部喜欢食物。生命可以依山、可以傍河，也可以在浩瀚的大海中施展绝技。核心就是一条：世上所有生命成长、传承、繁衍、发展的好坏，都离不开所处的生存环境。

对孩子来说，父母的言行就是最重要的生存环境，也是孩子的第一任老师。从这个意义上来说，孩子成才，父母立了“首功”；孩子“走偏”，父母则负“原罪”。

家是最小的国，国是最大的家。家庭是国家的最小细胞，也是最大的人才资源库，如果每个家长都营造一个好的家庭环境，让孩子懂礼、知规、善学、奋进，把孩子培养成才，届时国家必然以强大姿态，立于世界民族之林。

刘伯鸣人生路上拼力向上、只挂前进挡，就得益于父亲刘景敏的言传身教。

刘伯鸣至今仍是个“读书迷”，得益于母亲的“真传”。母亲每天书不离手，睡前看书，午休时间看书，边择菜边看书，边做饭边看书……

当年小伯鸣刚会走路就学着母亲的样子，捧本书像模像样地看起来，却把父亲笑得肚子疼。原来，小伯鸣把书拿倒了，还歪着头“认真读”呢！

离刘伯鸣家房山墙不远处就是接自来水的地方，家家都挑水桶去接饮用水。那位“看水阀”的老奶奶整天横眉冷对、出口训人：“把水桶摆正了，水都洒桶外面了，没看见吗？”“回来，回来，回来，把水龙头关严了！”“你往后去，等会儿再接，”老太太立起巴掌在空中向后推了推，又指了指后边的小姑娘，“你先接！”

来接水的人不明白怎么回事，老奶奶解释道：“谁接水没关严水龙头，或者水满桶了不及时关阀，造成浪费，我就罚他下次接水往后排！”

只有小伯鸣一来，老奶奶就满脸笑容地向小伯鸣招手："来来来，我就喜欢这个'哭巴精'。"

小伯鸣小时候身体瘦弱、单薄，总好哭，人送外号"哭巴精"。八九岁的时候，小伯鸣早就不哭了，却留下了这个绰号。

看水的老奶奶知道小伯鸣一来就准会"帮忙"，四下环顾，知道这孩子"眼里有活儿"。

这时，接水的小姑娘刚凑到水龙头跟前，脚下猛的一滑，"扑通"一下摔倒了，起来后捂着屁股疼得龇牙咧嘴。人们"轰"的一声笑起来……

富拉尔基的冬天特别寒冷，人们的眉毛、帽耳塞、胡须绒毛、刘海儿，都结着霜花。每次接水桶里溢出的水和水龙头滴落的水都结成冰，冰层越积越厚，形成了一个斜坡状小型"冰山"……

所以，小伯鸣经常帮老奶奶刨冰，还帮老奶奶扫地、擦玻璃。

小伯鸣看地上的冰包纳闷儿，咦？我昨天才刨的冰，怎么又"起鼓楼子"了？于是，小伯鸣吧嗒吧嗒地跑回家，再来的时候，他手里拎着的土篮里装着炉灰。原来，小伯鸣是要把炉灰洒在"冰山"上防滑。这些都是他跟爸

刘伯鸣工作场景照

爸学的。

小伯鸣来回路过接水处，如果看见有老年人来接水，他便停下来等。水桶里的水接满了，他上前帮老人把水抬回去。

如果在马路边看到老人，小伯鸣会主动走上前，搀扶老人过马路。

热爱之所以有力量，是因为你只管坚守就好了。

得知小伯鸣又做了好事，刘景敏便大加鼓励："儿子，你做得对，要经常做。别三天打鱼两天晒网，要坚持做下去。"刘景敏启发道："比如刨冰，冬天那里天天结冰，要经常刨。比如搀扶老人过马路，看见了就要去搀扶，这是一辈子的事，而不是扶一次两次就不扶了。”

小伯鸣也非常淘气，上树掏鸟窝，下河摸鱼，在草甸子里疯跑、躲猫猫，三五成群的和小伙伴们打架，经常满身泥浑身伤地回来。人家一双鞋能穿个一年半载，小伯鸣两个月就穿坏，母亲方桂琴埋怨道：“你这么淘气，将来可咋办呢？”

但，在大是大非面前，方桂琴仍然深明大义，向善向爱向美。

这天，小伯鸣指着一列停着的火车（货车）对小伙伴说：“咱们上去玩玩？”“那么老高，谁敢上？”小伙伴们有的摇头，有的摆手，有的向后退。

“那还算高啊？”小伯鸣想要给小朋友打个样儿，腾腾腾地跑了过去，走近火车边，迅速手攀脚蹬一气呵成地爬了上去，站在高高的货车厢顶上，像模像样地模仿起电影《英雄儿女》中志愿军勇士的英雄形象。只见小伯鸣挺直腰杆子，左手半握拳在左前方举高，右手半握拳在右下方配合，表演成手持爆破筒面对敌人要纵身一跳的样子，向小伙伴们喊：“我是王成！我是王成！”刚要喊“向我开炮！”只听火车蒸汽机“哞——”的一声狂吼，火车头上的蒸气直冲云天，机车侧身炸开团团白气，“呼哧、呼哧”……火车轮缓缓启动……

小伯鸣手忙脚乱，不知道从哪里下车，在车厢上东跑西跑，跑了几个来回，觉得车厢太高，还是不敢下。这时火车突然加快，轰隆隆地前进、前进……

“天哪！要是不赶快下车，把我拉到远方回不了家怎么办？”小伯鸣连忙跑到车厢边，闭上眼睛纵身一跳……

再次醒来时，小伯鸣看见妈妈正呜呜地哭泣，爸爸则紧锁眉头，“白大褂”们忙前忙后。小伯鸣看了半天才明白过来，原来自己是躺在医院抢救室的病床上……

小伯鸣是在火车疾速奔驰时跳下来的，像一片树叶被巨大的风裹挟着，在空中失去方向后，仰面向上，跌落在路基碎石块上……大人赶来时，小伯鸣的后脑勺“一片口子”，浑身鲜血淋漓……医生足足缝了24针！

几年以后，当再次历险时，小伯鸣的后脑又遭遇重击——

眼见弟弟刘伯志被比他大的男孩子暴打，刘伯鸣非常气愤，疯跑着赶过去，扯开压在弟弟身上的施暴者，正要举拳复仇，一根带铁头的木棒就狠狠地重击过来，刘伯鸣头顶的“天灵盖”被撕开，瞬间鲜血奔涌……

刘伯鸣工作场景照

行凶者即对刘伯志施暴者的哥哥、大小伙子，人称“愣头青”。

又缝了30多针，刘伯鸣才捡回一条命。

上班后，刘伯鸣的头部又遭遇了一次更重的伤，他的脑袋总计缝了50多针，此事会在后边讲述。

第二次重伤痊愈，母亲方桂琴问刘伯鸣：“脑袋是人体的总指挥，也是人身上最重要的器官。你的脑袋左一次伤右一次伤，每一次都化险为夷，你知道为什么吗？”

刘伯鸣迷茫地摇摇头。

母亲脸上洋溢着自豪和慈爱，轻轻地抚摩着小伯鸣一再受伤的头顶：“因为你总做好事，总帮助别人，感动了老天爷，老天爷就在暗中保护你呢！”

伯鸣上技校时，是有名的“飞毛腿”，每回参加运动会都会得奖。每次竞赛所得的本、笔、毛巾和小盆等奖品，他都送给了老师和同学。母亲鼓励道：“儿子，有好事想着别人，这就对了。”

母亲的教诲常常在小伯鸣的耳畔回响：“人活着，要爱祖国、爱党、爱社会。还要敬老爱小，懂得感恩，助人为乐。”

一个人的一生，最烂最烂的牌，不是你家有多穷，外边有多少债务，而是你的父母家人带给你的悲观、自私、冷漠与自我厌弃的这种儿时的环境。这样的家庭氛围，这样的环境，会让你形成自卑、敏感、讨好型的人格。这样造成的性格或者心理问题，可能会阻碍你一辈子。

所以，作为父母，我们要以身作则，严慈相济，给孩子正确的引导，给孩子提供一个充满正能量、有爱的环境，才会让孩子变得更优秀。

第二章 『启明星』冉冉升起的岁月

那些又旧又破的日子，那么新鲜地活在你的心里。

刘伯鸣从小就崇拜军人出身的父亲刘景敏，父亲的威武阳刚、父亲的智慧、父亲灵巧的手、父亲那一团火焰般的热情，都潜移默化地影响着他。

男孩子喜欢舞枪弄棒，父亲更是样板。父亲训练工人民兵们整齐列队，唱着激昂的《打靶歌》走向训练场，教他们卧式、跪式、立式打靶，什么枪在父亲手里都服服帖帖的，简直“指哪打哪”。

多少年过去了，刘伯鸣仍然清楚地铭记着那次惊心动魄的射击比赛。那是小学生刘伯鸣第一次观看父亲在靶场上射击——

“二号位，刘景敏就位！”

指挥教官洪亮威严的号令突然在打靶场上空回荡，把小伯鸣吓了一跳。

这是最难的无依托立式射击。

小伯鸣连忙从人群中挤上前、探出半个身位，盯着父亲，既紧张又好奇、兴奋，连大气都不敢出。

只见父亲几个大步跨到射击位置，立正，把枪从肩膀上拿下来，左脚前迈呈丁字步，熟练地举起半自动步枪，枪托牢牢地顶紧右肩窝儿……

人们看不见他怎样“三点一线”瞄准，也看不见他右手食指如何压实扳机虚火，只看见他把自己站成了如松如山的雕塑……

几乎在指挥教官“发射”二字脱口而出的同时，清脆的枪声便热烈地响了起来。还没等人们反应过来，10 发子弹已快速扑向百米开外的靶身！

“天哪！”报靶员激动得声音都变调了，“98 环！”

公布了结果后，现场所有人大吃一惊：刘景敏遥遥领先！第二名的环数还不到90环！

“中国一重”的战友们这才反应过来，有的跳脚，有的举拳，有的扔帽子，有的击掌相庆。“太厉害了！”一位叔叔激动地抱起小伯鸣，“你爸简直就是神枪手啊！”

这话并不夸张，“中国一重”一位内行的武装部领导感叹道：“这成绩，别说在全市难得，就是在全省都难遇对手！”

什么叫“百发百中”？什么叫“百步穿杨”？这些小伯鸣在课本上见到的词汇，今天爸爸当场做到了！

“怪不得抽屉里有那么多爸爸的荣誉证书和奖章，我有个非常了不起的爸爸！”小伯鸣既吃惊又钦佩，这才知道，20世纪60年代，爸爸曾在沈阳军区大比武中荣获“武状元”称号！

“爸，”小伯鸣眨巴眨巴眼睛，小脸蛋上绽放出满满的崇敬，“这么准的枪法，是怎么练出来的？”

这位在沈阳军区摸爬滚打十多年的硬汉，慢慢地蹲下身子，扶住小伯鸣的肩膀，盯着儿子的眼睛，一字一顿地说：“你记住，不论做什么事，只要肯下功夫肯钻研，付出比别人更多的努力和汗水，就没有做不成的事！”

父亲那坚毅的目光和铿锵有力、富有金属质地的话，像种子一样深埋在小伯鸣的心里，为他日后的破土而出和茁壮成长，埋下伏笔……

既为了让儿子锻炼身体，也为了让儿子开阔视野，每次去军营打靶，父亲都带小伯鸣到现场观看，既见识军人的刻苦训练、见识军人的豪放英武，也见识军人的足智多谋。如果有闲暇，父亲会教小伯鸣打枪，勃朗宁手枪、五四式半自动步枪、带遮挡钢板的重机枪，刘伯鸣都打过。

父亲刘景敏叮嘱小伯鸣：“要想练成射击这门真本事，就得下一番硬功夫！”父亲边说边示范，“持枪的稳定性，姿势动作的一致性、持久性，还有手臂的力量，腿部的力量、心肺功能等，都要进行严格系统的训练。”

“心肺功能？”小伯鸣眨巴着大眼睛，眼睫毛翻起老高，不明白这话是什么意思。

父亲刘景敏做了几口深、浅呼吸示范，摸着自己的胸脯，告诉小伯鸣：“人体最大的器官就是肺。两片大肺叶像翅膀一样起起伏伏，每一次呼吸幅度的大小、快慢，都会影响射击。控制不好呼吸，射击肯定失准。标尺豁口、准星和靶心三点成一线瞄准时，食指勾紧扳机虚火，即将射击的一刹那，必须屏住呼吸，人体稳得像雕塑一样，一点都不能动。晃一点儿都不行。可谓差之毫厘，谬之千里！”

“空枪射击非常重要，”父亲刘景敏扬起手中的半自动步枪，加重了语气强调道，“可别小看空枪射击训练，它可是实弹射击训练的根基。举枪姿势、瞄准景况、呼吸调整、扳机控制，只有做好这四项基本动作的练习，才能提高和保持个人的射击水平。”

小伯鸣听得入耳入脑入心，也第一次从射击上得到启迪，原来打枪竟然有这么多的学问。“只要付出比别人更多的努力和汗水，就没有做不成的事！”父亲的话在耳畔一次一次回响，小伯鸣不禁深思起来：“干别的事，也一定有不少学问吧？”

如果说军人父亲的“神枪手”本事若夜空中突然划过的流星，璀璨而光芒四射，那么，会木工手艺的父亲则是用变戏法改变生活困境的魔术师，给小伯鸣以无尽的瑰丽想象和不失浪漫的憧憬，点点滴滴都是撞击心灵的火花……

儿时的小伯鸣曾无数次亲眼看见，那些破包装板、旧房梁、穿着“泥袄”的脏木头，在父亲手下脱去丑陋，变成时尚美观的大衣柜、立柜、书柜和炕柜，引来购买者的连声赞叹，他觉得非常神奇。

小伯鸣觉得父亲的手太巧了，在图纸上随便勾画几下，一个新款家具便有了模样；把不同长短、粗细、宽窄的木板木条组合在一起，便把图纸上的图画搬了下来、立在了屋里；那些很丑的木料，在父亲手里随意组合，便成了一件谁见谁夸的漂亮家具……

小伯鸣时常在没脚脖子深的刨花里疯跑，拎起一根木头当冲锋枪突突突地射击，用短木块摞高楼，用各种木头条搭建“大桥”……

少年伯鸣很淘气，常常遭到母亲的责怪、父亲的训斥，可他却深深地被父亲的木匠手艺吸引，愿意在父亲干活儿时盯着看、问东问西，也愿意给父亲打下手，父亲也不时调动一下小伯鸣的积极性——

“伯鸣，把那把尺子递给我！”

“伯鸣，爸在粘板子，来，帮我扶一下！”

少年伯鸣很愿意为父亲效劳，每递过去一件工具，都像立次小功一样高兴。他很快便认识了木工工具，短刨子刨粗活儿，稍长的刨子做细活儿，最长的叫“净刨”，专门用来刮光刮净木板大面……

各种大小不同的锯，各种宽窄不一的凿子，小伯鸣不只认识，还知道用在什么地方。在父亲需要的时候，他总能准确地找到并给父亲递过去。这让父亲既吃惊又欢喜，这孩子心挺灵啊！

也不知有意还是无意，父亲刘景敏不太忙时，会边干活儿边“解说”，为什么这里用小号刨子，而不用大号刨子；这里是柜面，要凿半铆，如果凿透铆，铆会露出来，就不美观了；用来作为榫的木料一定要结实，用硬木料，软木料不行，不结实。

“什么是软木料？”

父亲刘景敏在附近找了找道：“比如杨木、柳木，就是软木料。”说着他用木头使劲地往板子上一磕，木头表面就磕出了坑凹来。

“什么是硬木料？”

父亲刘景敏四下找一阵，拿起几块不同的木头，说：“你看，这块是曲柳木，这块是柞木，这块是榆木，这些都是硬木料。”父亲继续说：“还有红松、白松、樟子松等，这些木料属于中性，不软也不硬。”

多年以后，锻工刘伯鸣在车间制造锻件，如何掌控好在一定的火候下趁热打铁，什么温度拔大荒，什么温度下料，还会时常想起父亲当年打家具时说的话……

刘伯鸣工作场景照

刘伯鸣告诉笔者，他现在之所以遇事勤于思考、乐于动手、知难而上，最初的启蒙就在于他的父亲。

刘伯鸣想起小时候的一次“误判”，还让父亲踢了一脚。彼时生活困难，父亲的单位春节前分粉条和海带后，他会把垛底子留下的碎粉条头和海带碎片扫在一起，捡回家。刘伯鸣见海带上边长了一层白毛，以为捂坏了，便把父亲辛辛苦苦捡回家的“长白毛”的海带片全都扔了！

父亲心疼地踢了小伯鸣一脚。“这一脚是让你长记性，”他语重心长地向小伯鸣解释，“凡事要动脑子，不懂的要问。”父亲提醒小伯鸣那不是因为返潮长的白毛，而是返上来的白碱和盐。海带生长在咸咸的海水里，干后返碱返盐是正常现象。

刘伯鸣已经不满足于给父亲递家什、扶板子，而是自己动手，干些力所能及的事。比如量量尺寸；比如什么叫对角线；比如化胶要兑多少水，熬多长时间，熬到什么程度？乳白胶如何刷？油漆如何刷？刷油漆时要刷子尖蘸胶、少蘸，以防滴淌。刷油漆不要开窗，不能扫地，以防落上粉尘。

少年刘伯鸣不满足于上述简单的工艺，也学会了一些木工技巧，比如给门找正，用榫、铆组合木板，等等。趁父亲不在家，刘伯鸣就在脑袋里“回放”父亲干活时的“图像”，尽力还原父亲的样子刨木方、刨木板、削回角、刷胶、粘门……

父亲见小伯鸣着迷于木工工艺，也不时顺水推舟地点拨他——

“提锯时要轻，可以稍微抬高锯手；送锯时要重，手腕、肘肩和腰身要同时用力，有节奏地拉锯，这样锯条才能不偏，沿着锯割线前进。”

“推刨子端平刨身，起始和终端都要平，不能让刨子仰头，也不能让它低头。刨身的方向要和木料轴线一致。”

“起钉子也有学问。旧木料上有钉子长了锈，不容易拔出来，怎么办？先用榔头轻轻地敲击钉帽，让钉子松动，然后淋些水，再起钉子就省力了。”

眼见父亲干得很轻松，而小伯鸣一上手就感觉“走样”了。这是因为木工操作对手眼、力道的配合、协调的要求很高，不但要看得准、眼到手到，手下的分寸掌控也要相得益彰。

就拿推刨子来说，小伯鸣起初拿不准力道，手上的小伤不断。父亲及时的言传身教，再加上小伯鸣有股子“偏要干好”的不服输的劲儿，包扎好伤口继续干，累得呼哧呼哧地喘粗气、满头大汗，也不停歇，直到把木板刨得光滑平整，榫眼凿得方正垂直，板料锯得平直精准，板缝拼接得严严实实。父亲也不吝夸奖，他才用袖头子抹一把头上的汗，露出率真甜美的笑容……

父亲告诉小伯鸣："无论干什么活，最先迈步的不是手也不是脚，而是大脑。"见小伯鸣长长的眼睫毛忽闪忽闪，父亲又接着说："干活儿之前，要从头至尾想一遍，每一步、每个细节都想到，然后再伸手。"

"绘画讲'意在笔先'，干木工活儿也是这样。"打一件家具之前，要全盘谋划好整体布局，像打仗一样，要先做好排兵布阵。选择什么材质的木料？需要用哪种工具？共有多少个步骤？先从哪里入手？这些准备工作都要经过严格的筛选，甚至严格的计算，有系统性的统筹思考，才能步步为营，扎实推进。不怕做不到，就怕想不到。哪个地方思考不周，哪里就会出问题。

父亲的话如雨露般滋润着小伯鸣的心田，成为他出征前的指南针，也是战斗中的强劲号角，更是夺取胜利的保障。

少年刘伯鸣以父亲为样板，极其向往做出满意的作品，先从做沙发、凳子起步，再拾级而上，做工艺复杂的大衣柜和书柜，从小到大、从简单到复杂、从粗糙到精细，刘伯鸣终于能“独挑大梁”了！

听到行家们赞扬家具结构美观、榫卯结实、边款精巧、做工好，听到买家赞扬他的作品外观漂亮、色彩前卫、质量精优、手艺好，刘伯鸣的小脸蛋腾地红了，绽放出憨厚的笑容……

多年以后，刘伯鸣面对制造更加复杂、“意外”困难接连不断的超大锻件产品，当年钻研木工活儿的精神，仍是推动他大步前行的底气和原动力……

第四章 曾在十字路口徘徊

生活像一张砂纸，能把粗糙的欲望打磨成精致的风光。

人在专长与学业面前，往往很难选择，甚至成为左右人生的十字路口。

在中国，有“三百六十行，行行出状元”之说，也有“是艺都养人”之说。人的喜好千姿百态、摇曳多姿，哪一行做得好，都足以养家糊口，甚至“一跃飞天”。但，在“应试教育”一统天下的当代，千军万马过“独木桥”，考试成绩“一花独放”，成为衡量青少年的唯一“准则”。

那些没有挤上高考“独木桥”的孩子，很容易被“边缘化”，甚至成为被“忽视”的群体。

刘伯鸣热心肠、喜好助人为乐，连“好骂人”的看水龙头的老奶奶都喜欢；刘伯鸣豪气、不自私，老师和同学都喜爱他，人脉很旺；刘伯鸣心灵手巧，在班级里做手工、画画无人能敌；刘伯鸣的木工活儿远远地超出同龄人，连同行的成年人都赞不绝口……

可惜，这些都在考试中用不上。换句话说，凡是刘伯鸣擅长、出彩的东西，试卷里都没有。

人生最重要的选择往往不是起点，而是方向。起点低了可以努力，即便小步慢跑也会离目标越来越近。方向不对、犯了方向性错误，越努力反而会离目标越远，且很有可能贻误终生。

跨进初三的门槛，下一脚该往哪儿迈？这成为刘伯鸣人生前程抉择的重要节点，也是他人生的十字路口。

乐观向上的刘伯鸣，自知考大学无望也毫不气馁，他决定发挥“手巧”的专长，走画画这条路。刘伯鸣甚至莫名其妙地兴奋起来，居然做起“画家梦”来！

如果凭一双巧手考上美术专科学校，那么就能成为一名出色的画家。画山，画水，画鸟，画兽，画身边的亲人和朋友，画心中向往的工程师、航天员、科学家，想画什么就画什么，该有多好？！

如果成为一名美术教师，就站在讲台前培养更多的画家，自己带着一群小画家出去写生，把看到的听到的想到的都画出来，该有多好？自己的画、学生的画，挂在家里，挂在单位的客厅，摆满工艺品商店，画多了再办个画展，该有多好？

想想都令人激动啊，这是一个多么美妙的职业。

说干就干，1983 年，刘伯鸣开始画画。他整天背个画夹可劲画，看到什么画什么，树上的鸟，江里的船，田野里的人，工厂和家属的房子，都被搬到他的画里。

闻听考美专必考素描，刘伯鸣便和几个要好的同学画石膏几何体、画石膏像、画瓶瓶罐罐静物。石膏圆球在光的作用下有五个调子，一张画要画几万根甚至更多的线条，刘伯鸣起早贪黑地画啊画，十分投入，乐此不疲。

同学们夸他画得好，老师也夸他画得好。刘伯鸣的信心更加足了，每天练画不止。有人说人物难画，刘伯鸣便去挑战，先从临摹画起，竟跟原作一模一样，刘伯鸣的信心更足了，开始写生……

“真像啊！”

“太像了，跟真人一模一样啊！”

所有见到刘伯鸣画的人都赞扬他画得好。刘伯鸣觉得自己离实现“画家梦”更近了一步。

然而，他还是从考场上败下阵来……

多年以后，刘伯鸣开阔了视野，曾这样总结当年他“画家梦”破碎的原因：画画不只是“像”，比“像”更重要的是画画路子正不正，基本功扎实不扎实。当年夸我画得好的人没有一个是美专毕业的，也不知考美专的内容、要领，路走偏了。直到现在，美院的入学考试基本没有变化，就三张画：素描、色彩、创作。我的第一关素描过关了，第二关色彩画却把我卡住了，我也没学习过色彩啊？

少年不识愁滋味，考美专落榜的刘伯鸣并未消沉，照样跟同学仨一伙俩一串地玩，照样东跑西颠着两个月跑坏一双鞋，照样好打抱不平、不时为不熟悉的被欺负者两肋插刀，带着要向父母隐瞒的伤口回家……

只是，他干木工活儿的频率更高了。有时不伸手、盯着几块板子歪脖思考，为尚未出世的作品打腹稿；有时把几个不成型的边角废料规整在一块，在本子上勾勾画画，琢磨怎样“变废为宝”。其实，刘伯鸣脑袋里已经有了专业去向的雏形：发挥自己动手能力强的优势，已经为自己

刘伯鸣工作场景照

找好了“退路”——考上技术学校、靠手艺吃饭，当个木匠也不错啊！

父亲的家具产品受人夸奖、尊重的场景，若春风拂面，总能荡起他心中兴奋的涟漪。这是刘伯鸣的营养源，也是他的底气和坚强后盾，更是他后来喜欢创新的内生动力。

1987 年 9 月，富拉尔基大平原披上五光十色的秋袍，上南方过冬的大雁尽情在天空书写“一”字和“人”字，候鸟父母们以我们听不懂的语言，在草甸子上空训练孩子们绕着湿地转圈飞翔，以适应即将拉开帷幕的跨山越海的远征。刘伯鸣也兴高采烈、一脚跨入“中国一重”技工学校的门槛，憋足力气，踏上新一轮的人生赛道，为学习加码，为人生续航，为理想筑梦！

出乎意料的是，刘伯鸣的“新梦想”又啪地摔成碎片——彼时的技校偏偏没有木工专业！

刘伯鸣看着录取通知书上的“锻工专业”四个字，像盯着四个不认识的陌生人，他对这个专业一点都不了解。

刘伯鸣查了字典：锻工，就是把金属材料加热到一定程度，锻造工件或毛坯的技术工人。

他还是似懂非懂。

“突然熟悉”并有刻骨铭心、醍醐灌顶的“了解”，是在几次与同校其他专业同学开玩笑和掐架时。

“什么‘锻工’啊，就是火烤胸前暖，风吹后背寒的‘铁匠’！”

“文说叫‘锻工班’，挑明了说就是‘和尚班’！”

风华正茂的少年个个血气方刚，一言不合便互相指责、互爆粗口，甚至爆发肢体冲撞。不时由微型“单掐”，升级到以班级为同盟的打群架。

刘伯鸣向来吃软不吃硬，十回有八回冲上“前沿阵地”，声索“名声主权”：“铁匠怎么了？男子汉就要铁骨铮铮，面对你们的挑衅，我们班会组成铜墙铁壁，不服气的，”刘伯鸣举起拳头挥了挥，“就给你们来个铁拳开花！”

同学们跳脚庆祝、嗷嗷叫，“铁匠班”终于扬眉吐气了。

但，一个铁的事实却摆在面前：锻工专业四十多个同学，清一色的“和尚”！

技校实行住校管理，课程也不太紧，人性中的“自由习性”突然被松绑，哪个不热血沸腾？

富拉尔基——红色的江岸，这是怎样一片光芒四射的热土啊！

达斡尔人最早开发、定居的地方，江岸滩涂上不光有闪光的红色玛瑙，还有生于此长于此永远在体内沸腾的红色基因哪！

青春就像一个容器，装满了不安、躁动、青涩与偶尔的疯狂。

同在一块宽阔辽远、承载着无限想象和创造的东北大平原，同邻奔腾呼啸的嫩江和日夜歌唱的库尔奇勒河，同学们仿佛与达斡尔民族的豪放、彪悍，大碗喝酒、大口吃肉、大声歌唱的习性一脉相传，他们各展神勇，创造了一段无忧无虑、自由奔放、追求江湖义气的激情岁月！

有的宿舍甚至排了老大、老二、老三的“座次”，虽是些稚嫩的学生，毫无社会经验，因为家长管束的突然“缺位”，所以他们似出笼的小鸟向往天空一飞冲天，若脱缰的野马向往奔驰一头扑进原野……

日日欢天喜地，天天都像过年，欣赏武林豪杰，赞扬梁山好汉，义气和交友成为“主旋律”。

59分“犯罪”、60分“万岁”、61分“浪费”，成为“时尚”。大家似乎把所有理想都寄放在“盼下课”上，下课铃突然响起，同学们“轰”的一下撒丫子跑了，就像一群被惊飞的麻雀。

这是人生特殊的节点，他们有大把大把的青春激情可以随意挥霍，浑身是劲儿却不知道往哪儿使，向往飞翔翅膀还没练硬，喜欢“独当一面”却技不如人，明明一知半解却又刚愎自用，手举一片羽毛就敢“指点江山”……

刘伯鸣也深陷其中，乐此不疲。当沉静下来后，他竟被母亲爱看书、父亲有一手好木工手艺的底火“烧醒”，赶紧从书桌里掏出笔记本，认真地做起作业来。

从前画过画的底子派上了用场，在机械制图专业上，刘伯鸣“大出风头”，他画的左视图、俯视图和主视图，每次都受到老师的表扬：刘伯鸣画图很有天赋。在全班同学中，刘伯鸣和鞠春利同学画得最好，二人交替称雄。每次考试，不是刘伯鸣第一，就是鞠春利第一。刘伯鸣更高一筹，连多数同学都不敢上手的“立体图”，他也画得惟妙惟肖！

热心肠的刘伯鸣再次发挥所长，当选为学校学生会宣传部副部长。刘伯鸣虽然从小体弱，但到技校学习时已是响当当的体育健将！他身体灵活、力气大，会好几项“绝活”。他能双手支在凳子上一运力，腾地把身体立起来，做“人字马”。偶尔有同学也能做“人字马”，刘伯鸣便提高难度跟人家叫板，比谁做的动作更复杂。如果动作上难分伯仲，刘伯鸣便换一种叫板方式，跟人家比谁立的时间长。总结为一句话，刘伯鸣必须“拿第一”。

刘伯鸣还有一项“称霸”的绝活便是悠双杠。你一次悠 30 个，他就悠 40 个；你一次悠 50 个，他就悠 60 个。锻工班无敌手，外班同学也蜂拥而来，民间比赛因此拉了很长的战线。直到刘伯鸣一口气悠了 100 多个！这是天花板级别的标准，同学们已无人可以超越。

刘伯鸣还有一个让同学们望尘莫及的动作，在双杠上打滚翻、折跟头！他双手握紧双杠头，猛地倒立，以手当脚在杠子上行走，能正着行走，也能倒退着行走，还能双肩膀顶在双杠上，自由地打一串滚翻。

刘伯鸣热情如火，很有号召力，奔走在宿舍和班级老师之间，组织篮球赛、乒乓球赛和文艺会演……

因为刘伯鸣在同学们中一呼百应、很有威信，老师又把一项艰巨的任务压在他的肩上，负责每天晚上睡前到各宿舍检查纪律，除非有特殊事需要请假，谁也不许离校。

累并快乐着，刘伯鸣觉得时间过得飞快，甚至都不够用。

稍有闲暇，刘伯鸣便闷闷不乐。绝非“为赋新词强说愁”，而是对自己的专业选择发出疑问：技校毕业后进工厂当个工人，每天早八晚五上下班，干着同样的活儿，用着同样的工具，看着同样的人，守在同样的环境，直到退休。这种一碗清水看到底、一个工种望到头的职业有意思吗？

每天送走一个一模一样的日子实在是一件艰难的事情，在无涯的时间长河里几乎没有上岸的地方。这就像一块熔炼通红的大铁块子晾凉了，内心不再奔涌滚烫的激情，外人（铁凉后不能上手摸）也上不了手。刘伯鸣的内心比这还要忧伤，大铁块子凉了可以回炉重烧，专业“凉”了怎么办？

你走的每一步都踏踏实实地踩在了地上，都有脚印，可这些脚印没有踩成一条通往远方的路，它们的面积很大，虽然看上去很饱满，但是它们却无法延展。

技校生活平淡无味，刘伯鸣过着毫无激情、当一天和尚撞一天钟的日子。

不想，一次普普通通的工艺课竟一下子点燃了刘伯鸣的激情，彻底“烧掉”了他的颓废状态，把他质疑专业的情绪一扫而光，并为他整个人生的定位找到不再彷徨、一劳永逸的闪光坐标！

“大家都是锻工，也就是老百姓常说的铁匠。”单成文老师环顾一下同学们，接着说，“可是，你们了解自己今后要用的铁锤吗？”

单老师的话并不深刻，可因为他以悬念式问句开头，还是吸引了全班同学的目光。刘伯鸣不以为然：“不就是铁锤吗，还能有什么花样？”

同学们的脑海里闪现出各种各样的铁锤，想象着自己所见过的铁锤在砧板上起落敲击的情景。

单老师突然加重了语气，一段刻骨铭心的话横空出世：“严格来讲，你们今后要打的不是铁，而是钢，千锤百炼的钢！你们用的‘铁锤’也非同凡响，它的大名叫万—吨—水—压—机！”

单老师指了指两边的窗子，好几个同学心领神会地跑过去，传来一阵哗啦哗啦的拉窗帘的声音，教室里的光线幽暗下来，把正面墙上的投影仪衬托得更加明亮，40 双眼睛全神贯注。

在机器的低吟浅唱中，投影屏上一座三梁四柱的“钢铁壮汉”机器隆重出场，它以傲视群雄的威武身姿站立，怀里“搂抱”着浑身烧红的“巨无霸”大钢锭，根据超大锻件需要，这位“钢铁壮汉”以吊车为手，以液压动力为锤，以底座为砧，开始灵活地锻造操作——

15000 吨水压机

力量，雷霆万钧！

动作，山河易位！

若地球伸懒腰，引发山体滚动，轰隆隆隆隆！轰隆隆隆隆！像两座山同时发怒，憋足全身力气冲向前，狠狠地对撞！

刘伯鸣和同学们看得目瞪口呆！

尽管水压机的力量无穷大，却如一个轻拿轻放的“文明者”，噪声很小很小。在貌似“鲁莽”的一连串惊心动魄的操作中，“钢铁壮汉”怀里的大钢锭，从图纸上款款“走”下来，衣袂上甩着噼噼啪啪落下的火星（脱落的氧化碎片），以各项数字均达预定标准的风采完成了这次“走秀”……

同学们神态各异，有的半张着嘴像缺氧的鱼，有的连大气都不敢出，有的瞪大眼睛做静止状……

单成文老师自己也深深地陶醉其中，不看书、不看同学们，也不看屏幕，而是像某位歌星那样仰脸看天棚，把早就深吸入肺、带着他体温的滚烫文字一串一串地吐出来。“未来你们要操纵的就是这种以水压机为工作介质的机器，它根据液体静压传动原理传递能量，来实现各种成形工艺。有人会讲，这不就是大号的铁锤吗？”单老师并没有低下头看大家，而是把仰着的脸换个角度，双眼仍然盯着另一片天棚说，“其实，相较于铁锤，水压机无论从工作原理到实际成效都有质的飞跃。它变形量更大、振动更小、噪声更低，在 19 世纪的欧洲一经问世，就凭借众多优势迅速被推广应用。

“衡量一个国家的工业化水平和国防实力，看什么？其中一个非常重要的方面，就是看它所拥有的大型自由锻水压机和大型模锻液压机的品种、数量和等级。可以毫不夸张地说，此类设备已广泛融入、全面撑起现代工业文明的核心结构，成为国民经济的重大基础性、战略性装备。”

刘伯鸣再次目瞪口呆，没想到眼前这个“铁锤”这么厉害！

当得知轧制、石油、化工、水电、核电、火电等大型机械设备和重要装备都离不开它时，刘伯鸣已经佩服得五体投地，敬仰和崇拜油然而生。得知水里游的巨轮、地上跑的巨车、天上飞的航空航天器，都离不开水压机肚腹里生出来的大型自由锻件和大型模锻件，刘伯鸣浑身燥热、血液上涌，激动得脸通红，堪比那憋劲产蛋的母鸡……

仰脸看天棚的单成文并没有注意到自己这段平平常常的叙述已经在刘伯鸣心里掀起了大浪，如同一把抽掉关紧大坝的水闸那样突然“引爆”憋闷太久的惊浪。单成文又说：“值得自豪的是，早在1960年，我们‘中国一重’就秉承发展壮大民族装备工业的国家使命，冲破重重技术封锁，独立设计制造出我国第一台12500吨自由锻造水压机，为国家提供重大技术装备和机械产品数百万吨，填补了多项国内工业产品技术空白，以中流砥柱的力量，支撑起装备中国的钢铁脊梁！”

数刘伯鸣入戏最深，他感觉沸腾的热血浑身游走，走到哪里哪里热，胸在热、脸在热、手在热，连耳朵都火烧火燎的……

刘伯鸣挺直腰杆子，任内心翻起灼热的巨浪，他几乎有想喊、想舞蹈、想翻双杠、想跳起来的冲动！他第一次感到铁锤、铁匠竟然与国家的前途、人民的命运息息相关，普通的锻工竟干着不普通的大事！

这条路选对了！这是一条阳光明媚、前景广阔的路！

下课后，刘伯鸣没有像往常那样风一样地跑到篮球场，跟同学们打一会儿半场球，而是独自一人向几乎无人问津的双杠跑去，双手抓紧双杠头，一个直体倒立后，接连在杠子上打滚翻，翻过去、翻回来，再翻过去、再翻回来，急切、沉稳、迅疾、连贯。他的手若铁钩，与杠子有着某种内在联系，相吸相合。他的整个身体像一个大轮子，大轮子上似乎安了旋转的小轮，无论是“公转”还是“自转”，均按预设的“轨道”前行，一气呵成，自由而洒脱，翻滚速度要比往常快很多。

直到热汗淋漓，看热闹的同学围了一圈，急促的铃声突然响了起来。“上课了！”刘伯鸣略带吃惊地喊了一声，带头向教室跑，身后响起一阵急促的脚步声……

从客观上来说，单成文老师的一堂课，一下把掉进沉闷情绪坑里的刘伯鸣拉了上来，直接让他站在山尖上，让他看到高处的风景，视野也随之开阔！从主观上来说，刘伯鸣体内突然安上了优质“马达”，浑身充满了力量！

从此，刘伯鸣有了脱胎换骨的变化。同样的课本、课堂、作业，往常如同嚼蜡，若磁铁的同性排斥，现在却如南北两极相遇，相隔挺远呢，便“啪”地吸在一起；同样的图书馆、书店，从前是被人遗忘的角落，现在成了刘伯鸣一日不见如隔三秋的“相思地”；同样的课堂，往常盼着早点下课，现在刘伯鸣总是嫌课堂的时间不够用，仿佛刚刚进入角色，正埋头在锻造学里乐此不疲，下课铃便“提前”响了起来……

少年刘伯鸣正向青年迈进，许多认知尚在盲区。他从未想过自己会成为响当当的大工匠，从没想过自己会成为国际同行中“呼风唤雨”的人物，也从没想过自己究竟会在这个行业干多久。

但，有一个念头已经在他心里扎下了根：不再犹豫，安心做一个为国争光的铁匠！

笔者特别为刘伯鸣当年的选择而高兴，因为，一滴水只要心甘情愿地融入大海，就永远不会干涸。

第五章 翻过岁月陪你到永远

世上从来就没有更好的路，只有你认清后坚持下来的路。

1990 年 8 月，富拉尔基到处风光如画，捧出东北特色的“代表作”：大地高高挺起胸膛，金黄金黄的稻穗、腰别两支短枪的苞米、搔首弄姿摇响腰铃的棕色大豆，成为歌唱丰收的主旋律。

“副歌”也很妖娆，东边的嫩江和西边的库尔奇勒河，像两位窈窕妩媚、激情表演的舞女，陪伴富拉尔基又唱又跳。

上述景象，都曾经让刘伯鸣久久痴迷，而今却遭到“冷落”。因为，中国第一重型机器厂（中国一重集团公司前身）那一大片褐红色的十里厂区，牢牢吸引了刘伯鸣。那是刘伯鸣内心中真正的“红色的江岸”，也是承载他红色梦想的地方。

中国第一重型机器厂水压机锻造分厂，是刘伯鸣跨出技校大门的第一个人生战场，也是他在超大锻件工艺上奔驰向前的起点。

尽管当时没有现在的15000吨水压机，可是，当课堂上单成文老师在投影仪上展现的12500吨水压机“大个子”，威武雄壮地站在眼前时，刘伯鸣还是无比激动和震撼！

为了早日学到本领，刘伯鸣如饥似渴地学锻工的基本操作能力，简单的压强钳口、镦粗、拔长，在他心中承载了千斤重负！在大锻件上，他不惧炉温烤的皮肉疼痛，“最能挺”；在韧性上，他不怕苦累特别能“战斗”；在给锻件“疗伤”进行吹氧时，他又仔细得像个“绣娘”……

刘伯鸣告诉笔者，他一共拜了三个师父，他们性格不同、手艺有别、手法各异、各有千秋，“我从他们身上学到了很多东西”。

“我就是要集众家之长，尽量多学些东西，”刘伯鸣有意延展了范围，“《射雕英雄传》中的郭靖共有九个师父，博采众师之长，这才成就一代武林高手。”

进厂头一天，父亲刘景敏叮嘱儿子道：“师父就跟你的亲生父亲一样，好好听师父的话，”又指导血气方刚的儿子，“你在家怎么对我，在单位就怎么对待你的师父。”刘伯鸣认真地点头，父亲又补充一句，说：“你对你的师父，要比对我还要好。”

刘景敏有意扩大了“尊敬范围”，“你是年龄最小的工人，又是刚进厂的徒弟，有一个算一个，谁都比你资历老，谁都比你懂得多，记住了，”父亲强调道，“要虚心请教，虚心做事，礼貌待人，永远站在别人的脚下。”

刘伯鸣一进厂就引人注目，成为同期进厂最忙碌最勤快的学徒工。多年以后，人们仍然记得他跑来跑去的情景。似乎他会分身术，一会儿在这，一会儿在那，哪里忙哪里有他，哪里有“技术点”哪里有他，到处都是他的身影。

初进工厂，刘伯鸣就成为落实锻工“四勤”基本功的最好践行者。第一，“眼勤”，善于观察，自己的师父如何操作，别的师父在操作上有什么不同的技巧，他都特别留心、善于总结，记在本子上。第二，“手勤”，不能懒，尽量多动手、多操作。第三，“嘴勤”，不懂的就要问，不能装懂。第四，“腿勤”，师父们干活儿各有绝招儿，师父操作的角度不同，操作方法也不同，尽量跑过去看看，能帮忙的就帮忙，能学的就多学点。

刘伯鸣的第一个师父叫曹善志。带刘伯鸣不到两年，曹师父就退休了，转眼三十多年匆匆逝去，刘伯鸣仍与曹师父保持着密切的联系。

曹师父天生一双小眼睛，一说话就笑。他慈祥、善良、憨厚，自带阳光心态。他对任何人都没有使坏的心眼，不管别人说什么他都不反驳，也不解释。有人嫌他“慢性子”，有人觉得他“太面”，有人讽刺他“手艺差”，故意用话刺激他、伤他自尊，曹善志师父就生闷气，独自喝闷酒。

人间烟火气，最抚凡人心，每顿饭都有每顿饭的力量。

刘伯鸣就把曹师父请到家里，亲手做上几道好菜，拿出最好的酒，想方设法地劝曹师父不要生气，开导曹师父要开心快乐。

刘伯鸣从曹师父身上学到了宽容、宽厚和令人感动的真诚。

四班三倒，利用休息时间，曹师父自编渔网卖。曹师父平时花钱很仔细，可购买网线、铅坠、钢绳，总是用最好的料。“千万不能糊弄人家，我做的网保管好使，使用寿命也长。”曹师父强调道，“别说人家拿钱买啊，料差一点儿我都过不了自己这道关！”

曹师父休班时就去农村收草，然后卖给养马的运输队。在乡下农户家住宿，刘伯鸣亲身感受到曹师父的真诚为人，没有歧视、毫不嫌弃，对待老农像对待亲兄弟一样，每一句话都掏心掏肺。

晚上住在农户特别简陋的破房子里，漏天的房盖用塑料布遮挡，躺在土炕上能看到夜空的星星一闪一闪……

曹师父这种宽容、善良、为他人着想的情怀，深深地感染了刘伯鸣，潜移默化地影响着他的人生，成为他为人做事的样板。

时隔多年，刘伯鸣一直牵挂着贫困的乡村。他先后资助了 5 名贫困乡村的孩子，不只是送钱、送米面油和羽绒服等，每年还专门抽出时间去看望孩子们几次，与孩子们交朋友，把重心都放在交心和“扶智”“扶志”上。

刘伯鸣豪放义气，喜欢路见不平“吼一嗓子”。遇见

刘伯鸣和孩子们在一起

曹师父挨人欺负，他就气得不行！可他知道自己是刚进厂的“小字辈”，想起父亲叮嘱的“虚心做事、礼貌待人”，眼睁睁地看着有人挖苦曹师父，他只能憋着忍着。

这天，有位中年师傅讽刺曹善志师父道：“你自己都没干明白，还带什么徒弟啊？”刘伯鸣的火“腾”地燃烧起来，指着中年师傅的鼻子怒吼：“不许你侮辱我师父！”“哎，你算老几啊？”中年师傅骂骂咧咧地看着刘伯鸣，“我就侮辱了，你又怎么样？”“你冲我来，怎么都行，”刘伯鸣几大步凑上前，高高地亮起拳头，“你侮辱我师父，我决不答应！”

刘伯鸣任凭自己汹涌澎湃的脾气从自己的身体里脱缰而出，他“呼”地冲上去，冒着被厂规“收拾”的代价，也要用蛮横的武力替师父“摆平”……多亏几个反应快的工友呼啦啦地围了上来，连拉带拽，把两个人分开了。

还有一次，刘伯鸣又听到有人埋汰曹师父，几个箭步冲过去，真的跟人家动起手来！后来再有人张嘴说曹善志师父坏话，都要歪头看看刘伯鸣在不在身边。或者，话到一半，一吐舌头咽了回去……

然而，刘伯鸣并没有因此得罪工友，大家反而因此处得更近、更知心了。那位差点跟刘伯鸣“交手”的中年师傅说：“伯鸣这小伙儿仗义，他护曹师父那股劲儿真让人感动，难得啊！”

刘伯鸣的第二任师父叫岳建志，中等个儿，四方脸，大眼睛，大耳朵，说话前先笑。岳师父性格上跟曹师父相像，都是慢性子，说话语速慢，走路四平八稳、不紧不慢，做事特别沉稳。他总是一副不着急的样子。有时出了急事，他仍旧慢腾腾地，有人不解地问他为什么火烧眉毛了还不着急。岳师父慢声细语地回答："事情已经发生了，急有什么用啊？"

岳师父一上台，天车工就笑眯眯的半真半假地训斥："得得得，你可拉倒吧，别上了，让你徒弟上！你徒弟干活快！你磨磨叽叽的太慢，耽误我们吃饭！"

岳师父待人宽容，关爱徒弟，很少批评徒弟。

岳师父对刘伯鸣特别信任，有时把徒弟们请到家里吃吃喝喝，他有事出门就把钥匙交给刘伯鸣："给，走的时候把门锁上。"

岳师父教刘伯鸣的锻件技法很独特，放手让刘伯鸣大胆操作，他在后边看着。刘伯鸣害怕干错，犹豫时要掐活儿，岳师父不让。在关键时刻，岳师父总是能指出问题所在，给出正确的操作方法，有效杜绝了问题的发生。这教法令刘伯鸣醍醐灌顶、刻骨铭心，一辈子不忘。而今，刘伯鸣也用这方法指导他的徒弟以及徒弟的徒弟。

岳师父曾以"现身说法"教训一众徒弟："伯鸣干的是展品、精品，你们干的是产品，好好琢磨琢磨，究竟差在哪儿？"

刘伯鸣的第三位师父叫范友国，人送外号"范快手""神力"。早在2004年12月，在富拉尔基最寒冷的季节，“中国一重”迎来最暖的消息，范友国从全国数十万名大工匠中脱颖而出，享“中国锻件第一人”盛誉，夺得国家奖励技能人才的最高奖——中华技能大奖。

范友国身高一米七六，白净脸，身材消瘦，话少，却心里有数。令人不解的是，这位“智多星”体重虽仅有120斤，却是个“大力士”！有时吊车离工作台远，300多斤的大铁销，他双手抓紧“嘿”地一角力，便提到指定的位置。徒弟刘伯鸣身材健壮，力气足够大，掰腕子上双手，使出全身力气，无论如何也掰不过范师父一只手！那些不服气、比他年轻很多、体重二三百斤的“大块头”前来挑战，个个都是他的手下败将！直径5毫米的粗焊条，别人攥紧钳子双手发力也掐不断，范友国单手握钳一角力，只听“咔嚓”一声，粗焊条服服帖帖地一分为二。

范友国兴致勃勃地说：“这辈子掰腕子无数，从来没输过！”

范友国的右手腕，与常人无异，甚至不比笔者的手腕粗。这只胳膊还因为上中学时从高高的杠子上坠落摔骨折过，里边还夹着一块钢板支撑……

早在20世纪90年代，范友国就是“中国一重”的“筒节大王”，把一个又一个“不可能”变成可能。彼时

12500 吨的水压机，四个立柱之间的最大距离 6 米，超过此宽度的锻件放不进去、加工不了，只能“拒之门外”。即使勉强把大钢锭放进去，锻造好的成品也会被四柱卡住，拿不出来！

内蒙古神华煤液化来“中国一重”订制的压力容器大锻件，居然 6.3 米宽！

在场的领导和锻工们无限遗憾，你量我量他量，就差短短的 30 厘米！然而，这 30 厘米却是能否成功的距离，也是由中国东北富拉尔基到欧洲埃菲尔铁塔的距离！

“中国一重”是共和国锻件的领军企业，“中国一重”干不了，中国便再无干得了的企业。

当所有人都发出“干不了”的感叹时，范友国歪头琢磨了一阵水压机，再歪头琢磨了一阵大钢锭，突然说出让在场领导都吓一跳的决定：“能干，我来试试！”

范友国果然艺高人胆大，居然推翻了传统的“走正道”的方法，带领刘伯鸣等徒弟们采用“歪门邪道”的办法，把二三百吨的大钢锭“角对角”地塞入四个立柱“怀里”，同时革新摆放辅具，灵活运用辅具操作方法，兵来将挡、水来土掩，破解了一道道难题，奇迹般地实现了“小蛇吞大象”的“狂想”，以一系列出人意料的操作改写了历史，完成了超大锻件的制造，从此“一战成名”！

彼时如果外购，让超大锻件从法国的塞纳河起航，沿着地球弧线到达亚细亚古老的东方中国，价格高达 20 多万元一吨。范友国带领他的徒弟们以一往无前的气势攻克难关，将价格降到了 8 万元一吨。

为在碧波万顷的大海上劈波斩浪的大船锻造大轴，好比侧身穿行在弯弯曲曲的窄地道里凿雕工艺品，许多同行都败在工艺程序复杂、“施展不开”和“抠手”等环节上，“快马成了慢牛”，需要 6 个小时才能干完。徒弟刘伯鸣身手麻利，也要干 4 个小时。范友国上手，因为下料精准、动作干净利索，规避掉了许多烦琐环节，以行云流水、风卷残云的速度，在 2 小时 40 分钟内结束了战斗！

又快又好！

所见之人无不钦佩感慨、叹为观止！

刘伯鸣像一块张大毛孔的海绵，每天拼命吸取范友国师父的手艺精华，深入在脑、牢记于心，并以“看一百次不如伸手干一次”为座右铭，细心琢磨，大胆操作，勇于实践，从而进步神速。

当刘伯鸣和工友无比羡慕地抚摩范友国师父那座光芒四射、纯金制作的“中华技能大奖”奖杯时，范友国给予爱徒“语惊四座”的鼓励：“伯鸣，谁的话也不用听，就这样好好干，你也能得奖，你将来肯定会超过我。”

工作是人生大树的主干，必须护佑好；业余生活是枝叶，也是养护、供给主干的营养源，同样不能忽略。一出厂房，范友国就是高手“玩家”。玩都玩不好的人，能做好工作？范友国给七个徒弟每人做了一个漂亮的吊床，把吊床挂在树林中听鸟鸣，别有一番享受。

范友国有着高超的“跨界”本领。自己本是锻工，他干的钳工活，钳工看了都望尘莫及。他曾一个夜晚制作了12个不锈钢瓶起子，技术难度之高超、造型之精美，谁见谁夸。钳工一夜只能做一个，质量和美观程度却与之相差甚远。

范友国退休后做了许多竹条鸟笼，那么细的竹条个个都是半铆，全部工艺拒用钉和胶，顶部“阁楼”下边还吊着鸟的“瞭望台”，引起所有制作鸟笼的资深玩家的疑惑：这瞭望台是怎么安上去的？

范友国干的木工活儿，木工们看了也是赞叹不已，称这鸟笼是“极品”，这手艺是“绝活儿”。

每个鸟笼都单独设计、单独制作，都是“孤品”。一位亲戚曾把鸟笼拿到市场上亮相，竟有人出价3万元！

刘伯鸣工作场景照

刘伯鸣的三位师父性格各不相同、各有特点，相同点是都善良，爱徒如子。曹师父干活慢，仔细。岳师父求稳，讲究步骤。范师父艺高人胆大，干活又快又精准，当机立断、干净利落，从不拖泥带水。

“我在范师父身上学到好多令我激动和兴奋的手艺，得到了他的真传。虽然我后来又有了自己的创新，但都得益于范师父打的好底子。”

干世界领先的核电超大锻件，刘伯鸣主动请缨：“师父，您都干好几个超大锻件了，这活儿底子打得挺好，这次我来干吧？”

车间主任不放心，连忙阻止：“不行，还是范师父干！”

“伯鸣能干，”范友国表态道，“我看着点。”

范友国常说，刘伯鸣是“用脑子干活的人，我很欣赏他这一点”。

“趁热打铁很关键，”范友国说，“核电超大锻件带套，套筒松了还差几锤没干完，就拖延了时间。水压机带套需5分钟，一个活件两个细节点，四五个细节就差20分钟。全套活件下来，则差2个多小时。如果戴套、摘套四五次，活就慢了。温度降到一定程度就不能干了。”

“抢时间”是锻工持续一生都要绷紧的弦：一台炉子的燃油费用每小时2000多元，14台炉子一起燃烧，每小时仅燃油费用就28000元。一个钢锭最少要烧十几个小时，一般要烧二三十个小时（最多要烧120个小时），仅燃气费用成本一项，就耗资数十万元乃至数百万元！

先干前边还是先干后边？没有固定的程序，按图纸干就行。刘伯鸣见套筒有点歪，立刻决定从后边开始干，既改了前边的钳口，也节省了时间，效果很好。范友国看后惊喜地鼓励徒弟：“很好啊，伯鸣，就这么干！”

范友国在锻件方面有许多“代表作”，如大支辊、接管锻、曲轴、舵杆、大型锻件等方面，都能干得得心应手，成为中国同行最顶尖的大工匠。后来，刘伯鸣也深得范友国师父真传，成为独当一面、高于常人的“多面手”。

在刘伯鸣这代徒弟没成长起来之前，厂里每次接到工艺难、技术水准要求高的锻件，担心别人干不了、干不好，都一律交给范友国。范友国这边的活多成堆，每天忙得昏天黑地，别的班可能还没活干。刘伯鸣等徒弟们也因此“沾光”，每天都面对新的挑战，手艺提高快、计件数量多、产品质量高，每月算一次账，根据产品的等级和数量，来确定奖金数额。范友国领衔的班生产吨数最多，质量最优，奖金自然也比别的班超出一大截。

但，范友国太疲惫了，身体疲劳、神经紧绷，活还是成堆，也只能坚持、坚持、再坚持。

2006 年 2 月 28 日，在连续加班三天三夜后，范友国精神明显倦怠、反应迟钝、力不从心。在他指挥天车司机工作时，近 5 吨重的水压机护套突然从高空中坠落，砸在范友国的头上，安全帽当即破碎，巨物落地一滚又造成次生灾害：把倒地的范友国的脸挤歪，掉落了多颗牙齿……

范友国七窍流血，头部多处骨折、骨碎，脸都翻一边去了……

现场的工友目瞪口呆，大惊失色的刘伯鸣抱起师父就跑，任鲜血淌一身淋一地，疾步奔向迎面开来的救护车……

在医院做CT检查时，仰躺的范友国突然坐了起来，“哇”地喷出一大口鲜血，几颗牙齿叮叮当当地打在机器内棚，把操作机器的CT技师都吓坏了，一紧张，在诊断单上把出血量13.6毫升写成136毫升，多亏他发现后又予以了纠正……

北京大学口腔医院权威专家诊断道：“人肯定不行了，最好的结果是植物人。嘱咐家属准备后事吧！”

这次大手术把范友国身上的血全部换了一遍，术后刘伯鸣热情地组织工友为师父接风，庆祝他死里逃生，所有人都发现范友国的言谈举止像“换了个人一样”，原来话少，现在话多；原来说话声小，现在说话声大；原来不喝酒，现在酒量反倒大了。有人开玩笑道：“可能输了酒鬼的血吧？”

范友国再次创造了奇迹，身体恢复得相当快，医生诊断他要病休6年，而范友国仅休息1年便重新出现在工作岗位上……

范友国教的徒弟个个成为顶尖人才，“中国一重”水压机锻造厂二工部四个班长，有三个是范友国的徒弟。他后来带的五个徒弟，有四个成为锻工班长，一个当了机台长。

范友国毫不掩饰地表态：“当年数刘伯鸣最有闯劲，悟性高，肯下苦功。别看他脾气大、性子急，干活却不毛躁，很有章法。而且，他能不断总结，持续创新。”

根据工厂规定，班组的奖金分配由班长自主决定。身为班长，范友国还没有副班长的奖金多。刘伯鸣当班长也延续了这个好传统，谁出力最多谁的奖金就最多，因此副班长每月的奖金都比班长多。多年以后，刘伯鸣的徒弟张欣宇当班长，也继承了这个好传统，自己月月少拿，把奖金向出力最多的人倾斜。

笔者突然想起一句历久弥新的老话：只要你能温暖别人，自己就一定不会冷。

第六章 怦然心动的『三束光』

有些风景，如果你不站在高处，你永远体会不到它的魅力；有些路，如果你不去启程，你永远不知道它是多么美丽。

范友国师父的一言一行，像磁石一样吸引着刘伯鸣。拜师的头几天，范友国最先“辅导”刘伯鸣的居然不是具体的技能，而是从高处照射的“两束光”——

第一束光是自上而下的“顶光”：“伯鸣啊，咱们干的产品都是重大装备上的核心部件，干好干不好，影响非常大，出了问题，经济账、政治账、信誉账，哪方面都不是个人能担得起的！”范友国看着刘伯鸣，加重了语气，“记住了，你拿什么开玩笑，都不能拿工作开玩笑。只有从内心深处喜欢上它，爱上它，才能干好，干到极致。”

如果说，单成文老师第一次从宏观上阐明了锻件产品与国家利益休戚相关的关系，那么，范友国师父则把“大块头”量化细化，压在了锻工的肩膀上，表明二者也是患难与共的利益共同体，一荣俱荣，一损俱损。

而喜欢和爱，则是别在“责任”胸前的两朵红花。

第二束光的角度很新，算得上是出其不意的“侧光”：“不要照搬原样跟我干活，方法、技能要悟透、有创新，才算是真正变成自己的东西。只有博采众长，举一反三，路才能越走越宽。”

刘伯鸣万分吃惊，范师父的话一举打破了“徒弟张口等、师父填鸭喂”的传统模式，让刘伯鸣有种推窗见蝶的兴奋，广角镜般的开阔，登峰远眺的辽远！

多年以后，刘伯鸣才有了自己的理解：教育的最终目的不是传授已有的东西，而是要把人的创造力量诱导出来，将生命感、价值感唤醒。

若暖风吹醒种芽，似蜂蝶嗅到花香，如根须扎到肥土层，刘伯鸣像突然拧足劲儿的发条、充足电的引擎，身上的每块骨骼、每块肌肉、每根神经都鼓荡着力量！

伴随实践岁月加厚、加深，刘伯鸣对范师父教诲的理解也越来越深，边汲取经验边突破原有的模式，向创造性工作迈进。

沉下心来钻研技能，刘伯鸣要验证专家的高见，“成就优等锻件的第一个基础条件，就是材质的纯净、纯净、再纯净！”换句话说，“钢锭杂质超标，即是锻造工序的死敌！有害元素含量超标、夹杂偏析失控，都会导致钢锭塑性下降，锻造时会集中爆发整体或局部开裂，严重的甚至导致锻件报废”。

刘伯鸣边干边记录，把锻造中的重要环节、生产流程，用什么辅具，各个工位如何配合，所遇到的困难以及破解办法、深入思考等方面的问题，都详细记录在本子上。日积月累，他居然记了厚厚的六个本子！

这是师父带领徒弟们蹚出来的路，也是自己刻骨铭心、一步一步踩出来的脚印，要标上记号、留下路标，让后来人少走弯路。

刘伯鸣告诉笔者，而今，这些笔记已经全部送给了他的徒弟们。徒弟们视为宝贝，争相传阅、摘抄。刘伯鸣干过所有的锻件活，创新品类数百项，那些或工整或潦草的笔记，简直就是活脱脱呈现在眼前的锻件“王国”。“王国”里应有尽有，成为后来人爱不释手的“百科全书”和“锻工乐园”。

最令人欣喜的是，刘伯鸣一直倡导“创新性工作”，号召徒弟们既要继承、打牢基础，更要重拳探索，打出一片新天地……

但是，最重要最经典的经验，必须毫无保留地传递下去！

刘伯鸣分享他的宝贵经验：“我逐渐形成了自己的精品观：每一火次的锻件质量都应该也必须是100%合格。如果每道工序质量都有偏差，叠加累积到最终，成品就会造成无可挽回的结果，51次的99%就是59.89%。只有追求工序细节的完美，才能出精品、造重器……”

进厂三年多，刘伯鸣放下身段匍匐前进，既刻苦学习，也刻苦磨炼，成为师父和工友们常常竖大拇指的“新星”。但，刘伯鸣并不满足于现状，而是继续提升自己、开阔视野，考入黑龙江省委党校举办的“中国一重”经济管理大专班，潜心学习经济管理专业的知识。

边工作边学习，休班时听课、记笔记，业余时间写作业、复习、背题、考试，几乎挤光了所有“班后时间”，连参加工友们聚会的时间都很少，刘伯鸣仍然激情饱满、兴致勃勃、精力充沛，似乎每天都是“准战斗状态”，随时准备从战壕里“一跃而起”……

1994年春天，暖风拂面、万物复苏，当势不可当的绿色翻越崇山峻岭和辽阔的大平原，顺着嫩江和库尔奇勒河疯跑，大举在富拉尔基“登陆”时，刘伯鸣突然被“第三束光”照亮，仿佛温暖的春风在他身体内部吹拂，宛若春草在他身体各处发芽，他感受到从未感受到的燥热和激动，“恋爱”两个字一头扑了过来……

在大专班同学中，有一位个头适中、身材窈窕、大眼睛、气质出众的漂亮姑娘，以清水出芙蓉般的清纯，牢牢地牵紧了刘伯鸣的心。

在所有女人都喜欢化浓妆、一靠近粉灰扑面的时候，独她素颜，不化妆，不描眉，天然去雕饰；学生们是清一色的在职进修人员，疲惫时难免姿歪身斜，独她正襟听课；女人们下课凑到老师前问东问西，而她下课就走……

刘伯鸣仔细观察后，发现她的眼睛特别漂亮，浓眉毛、大眼睛、双眼皮，双眸闪闪亮。这双眼睛似曾相识，觉得在哪里见过？哦，在他临摹过的画册里！

刘伯鸣工作场景照

这位姑娘叫杜杨，在富拉尔基燃气公司上班。

同学们偶尔缺课，要借抄没缺课同学的听课笔记。刘伯鸣偶然看到杜杨的笔记，字迹清秀、工整美观，这再次拨动了他的心弦，暗下决定：“就是她了！”

刘伯鸣拧紧眉头，开动脑筋，想方设法地要靠近杜杨。

这天下课，杜杨冒雨走到自行车停放场，发现自己天蓝色的自行车座套没了，车座上卧着密集的水珠。杜杨正在四下寻找，刘伯鸣笑眯眯地从旁边走过来，手里拿着套了塑料袋的车座套递给她：“省得浇湿，我就给你收起来了。”

杜杨斜了刘伯鸣一眼，对他的第一印象很不好。出于礼貌，杜杨很不情愿地说：“谢谢！”话出口的同时，杜杨已经推了自行车，转身就走了。

发作业本了，刘伯鸣故意把杜杨的作业留下。杜杨一来，刘伯鸣便把作业本递过去：“发作业了，我给你收着。”

这天，杜杨怎么也找不到自己的作业本，原来是刘伯鸣和班长李广曾拿去抄了。作业算学分，杜杨的作业经常被同学拿去抄，她也习惯了，并不在意。

刘伯鸣的“进攻”步步深入，夜晚下课，他会主动送杜杨回家。但杜杨严格把握分寸，送到家就撵他走，从不让刘伯鸣进屋。“也别太冷落人家了，”杜杨的父亲杜义国看不下眼了，“就是送饭的、送煤的来了，也得让人进屋暖和暖和吧？”

杜杨没谈过恋爱，不知道怎么处理这些细节，却加深了对刘伯鸣的印象：中等个儿，敦厚结实，脑瓜反应很快。在寒冷的冬天，他身穿米色夹克衫、牛仔裤，白色旅游鞋总是干干净净，连鞋边都一尘不染。

刘伯鸣热情，很会办事，每个下雪的早晨，他都早早地来到杜杨家，把院里的雪扫得干干净净，头上冒着腾腾的热汗，再干些其他零活。有时候下夜班直接来杜杨家，扫雪、劈生炉木柴，独自把车上的一吨煤卸掉……

杜杨的父亲、母亲都是转业军人，服役期间随部队走南闯北。杜杨出生后刚满月，就被奶奶谢桂范抱来抚养。一直到出嫁，她始终跟奶奶生活在一起。杜杨跟奶奶特别亲，称“奶奶像妈妈一样”。

刘伯鸣的表现第一个叩开了奶奶谢桂范的大门，她建议孙女：“处吧，这小伙子很好。”

奶奶谢桂范是中共党员，在文盲遍地的旧时代，她是具有“国高”（相当于现在的高中）学历的知识分子，是一位受人尊敬，有文化、有见识的女性。杜杨清楚地记得，奶奶 93 岁时，还督促孙女给她交党费。只是，为她收党费几十年的老人都过世了……

对于杜杨来说，奶奶的话分量很重。

大专班即将毕业，同学们却不见刘伯鸣来上课。大家谁也想不到，刘伯鸣正躺在医院的病床上昏迷不醒、苦苦

刘伯鸣工作场景照

挣扎在死亡线上……

医生会诊后说：伤势很严重，恐怕凶多吉少。

事情还要从三天前说起。一天，刘伯鸣见工友周彪在抓斗的上边抓铁坯时程序混乱、没整明白工序要领，热心肠的他想要上去帮忙。刘伯鸣的脚刚踏上抓斗，重物便“咣”地砸在头顶，他当即晕死过去……

工长马端山心疼坏了，当场急晕了过去！

天车上9斤重的滑脱从20多米高的空中掉下，狠狠地砸在刘伯鸣的头上，加上重力加速度，相当于300斤的重物砸下来，刘伯鸣的安全帽顶部当即破碎……

“完了，完了！”

师父范友国第一时间疯魔般地疾步上前，抱起人事不省的爱徒，拼命地跑向救护车……

如前所述，12年后，相似的镜头竟然重现，刘伯鸣抱起浑身是血、昏迷不醒的师父范友国拼命地跑向前来营救的救护车……

时至今日，“中国一重”的安全教育展馆仍然陈列着刘伯鸣那个顶部破碎的安全帽，成为向新工人进行安全教育的“活标本”。无数安全讲解员向不同代际的人复述当年那个惊险的情景：“多亏刘伯鸣戴了这顶安全帽，才捡回一条命……”

或许上苍在护佑这位未来为中国超大锻件创造奇迹的功臣，不肯收留这位不久将改写世界超大锻件历史的年轻人，三天后，刘伯鸣奇迹般地从昏迷中苏醒过来。

然而，从滑车上掉落的东西像一块从天而降的闸门，一下子把杜杨与刘伯鸣隔开了。杜杨犹豫了：“刘伯鸣的脑伤如此之重，如果留下后遗症，痴呆了怎么办？”

父亲杜义国建议女儿去医院看看刘伯鸣，杜杨犹豫不决。杜义国说："不管你俩的事成不成，人家风里来雨里去地没少为咱家干活，业余时间还陪着你去收燃气费，你得去看看他。"

刘伯鸣的乐观和热情、聪慧和诚实给"准岳父"留下了深刻印象。1995 年农历二月二"龙抬头"这天，杜义国再次督促女儿："不管以后什么情况，你都应该去看看他。"

杜杨不想单独见刘伯鸣，便买了猪头肉，同弟弟杜鹏一起去了医院看望他。见刘伯鸣精神头十足，比雨后的河水还喧闹，没一点痴呆的兆头，杜杨长舒了一口气，咚咚直跳的心顿时有种风浪中舢板靠岸的感觉。

1997 年 9 月 20 日，当天地相接的金黄色稻谷铺满富拉基尔原野，湿地上大片大片的芦花兴奋得翘首绽放，翩翩起舞的嫩江和船工们再次联袂，唱起激情豪迈的丰收歌谣，与"中国一重"的褐红色厂房遥相呼应时，刘伯鸣和杜杨终于修成正果，步入婚姻殿堂，携手开启浪漫而满怀憧憬的人生旅程……

有美满爱情打"助攻"，刘伯鸣的工作干劲犹如烧了把底火，"嗷"地升腾起来，说"跳跃式"提升一点都不为过。

正当刘伯鸣要在自己的岗位上发力冲刺时，大名鼎鼎的“中国一重”却从风风光光的崖顶一头跌进谷底，生产经营陷入困境，员工每月只能拿到200元生活费。

墙倒众人推，周边的群众指着“中国一重”一大片褐红色的房子说：“看着没？那就是有名的‘200公司’！”

工厂一时间人心惶惶，有的辞职另谋高就，有的干脆回家开饭店、做生意，有的跑到私营企业挣高薪。

刘伯鸣也活了心：他是公认的大厂主力选手，干过不少重大产品，工作经验也很丰富，凭他现在的名气和手艺，到私营企业拿年薪十万二十万元，应该不在话下。

父亲刘景敏头一个表态：“儿子，别说还开200元，就是不给你开，你也不能走。你好好干，是金子总会发光的。”

刘伯鸣担心工厂效益不好，连累家里，父亲刘景敏开诚布公地说：“家里的困难不用你管，要想做好事，首先要做好人。我们从军也好、务工也罢，都是立志报国，这是我们打小接受的教育。‘中国一重’是毛主席提议建设的，被周恩来总理誉为‘国宝’，这样的企业不是谁想进来就进来的，岂能贪图眼前的一点个人小利，不顾企业暂时困难，忘记初衷了？孩子，挣钱并不是人生的全部意义，别到有一天回首人生路的时候，为一次冲动的选择而后悔。”

师父范友国的态度也相当明朗："选择离开，这是每个人的权利，不算过分。但你得明白，外面的世界并不是咱们想象得那么美好。你肚里的二两墨水能支撑多久？用没了怎么办？'中国一重'，为啥能叫'中国一重'？就是因为它是一个足以支撑你大展身手的舞台啊。你想想，没有舞台的演员，会是什么感觉？"

刘伯鸣是真的舍不得。毕竟，富拉基尔是生他养他的故乡，"中国一重"是培养他成才的摇篮。那一大片褐红色的厂房，那些朝夕相处的师父和工友，那些特别熟悉、已成为朋友的机器和辅具，那些虽未开工却已经纳入计划的新产品……

可是，"200公司"的困境，如何摆脱？

工厂没活儿，许多人都在找门路赚钱。朋友主动找上门来，建议刘伯鸣卖生活日用品试试。刘伯鸣一出手，效果还真不错，两三天的收入就赶上"200公司"一个月的工资。刘伯鸣打算再进一批货。

"你必须回到岗位上去，"父亲刘景敏的态度斩钉截铁，"人间正道是沧桑。儿子，你不能干这个挣钱。'中国一重'不能总这样，会有好的那一天。你好好工作，可别胡思乱想，不能这山望着那山高。关键时刻，你要学会选择。学会选择比干还重要，选对了才会幸福。”

刘伯鸣犹豫之际，妻子杜杨直言道：“家里的老人、孩子都在富拉基尔，你的朋友、同学都在身边，到了新的地方，只手打天下，身边连一个熟人都没有，有什么事都没个人商量。再打一个不恰当的比喻，假如现在我得了病，这时有一个有钱的女子对你伸出了橄榄枝，你说你会不会不顾多年的情谊和一切，弃我弃家而去呢？”

亲人们真诚的话，最终“烫醒了”刘伯鸣，他决定留在富拉尔基，跟身高 20 多米的水压机伙伴共同进退，并肩战斗。

钱有价，人心无价，情感更可贵。这是为什么有的人一生没有挪动一个地方，有的人则浪迹天涯。

在选择面前，人如果能清楚地建立自己的框架，清楚自己想要的是什么，分辨出每种选择背后的优势，就是人生最大的精进。

给自己多一点耐心，充分去感受人生旅途上那一路泥泞一路辙，一路繁花一路歌吧。

第七章 『你得对这块铁负责任！』

心怀山海，眼有星辰。

真正想做成一件事，不只是取决于你有多少热情，还要看你能否有足够的耐力和持久的坚持。

刘伯鸣像一块蓄满能量的压缩能源块，无时无刻不在释放热能，用少有的激情和蓄能“辐射”身边的人。

黑龙江省委组织部奖励给刘伯鸣一个透明有机玻璃奖杯，上边有醒目的9个黑字：“打铁的人，也是铁打的人。”

这个奖杯与刘伯鸣既“形似”也“神似”。

前文形容过这位身体健壮的“大块头”，方脸、方胸脯、方腰身，典型的东北大汉。笔者不知道坐如钟、站如松、行如风跟他有什么内在联系，却知道，他这种塔形身材外貌有一种沉稳、值得信任之感。好几位工友则说出类似的话：

“哪怕再难，只要有‘鸣哥’在场，我们的心里就有底了。”

“鸣哥没说这活儿‘干不了’，你凭什么说丧气话？”

“鸣哥都三天三夜没睡觉了，咱们顶不住也得顶啊！”

几十年来，工友们都亲切地称他为“鸣哥”。即使现在刘伯鸣早就不当班长了，就任“中国一重”铸钢事业部水压机厂副厂长，工友们也从不叫他官称，仍然亲切地叫他“鸣哥”。

“鸣哥”二字早已不是简单的称呼，而是工友们对他“满格”的爱和敬，以及别人无法替代的手拉手、肩挨肩、心贴心的特殊感情。

喷热冒火的大锻件散发出一千多摄氏度的热能，顶着高温操作，似乎有千万个火锥子刺透外衣，扎得皮肉生疼生疼，刘伯鸣总是第一个靠上去，独当一面。究竟出了多少汗，谁都不知道。他的裤子烤干后往地上一放，因为有太多太多的汗盐碱“支撑”，居然直立着不倒！

“打铁人”都是急性子，见吊车离现场远，刘伯鸣拎起二百多斤的大铁销，稳稳地放在座砧上。

刘伯鸣关心每一位工友，原本他自己攻关克难中熬夜最多，他却撵走工友：“这里不需要你，赶紧回家睡一觉吧，赶紧走！”工友瞄了一眼刘伯鸣，刘伯鸣啪啪地拍几下自己的厚胸脯：“你那小体格，能跟我比吗？”

刘伯鸣说话嗓门大，走路刮起一阵风，脚步嗵嗵响，一看就是一名豪气、粗犷的“武将”，似戏曲中威猛的张飞、李逵，擅长“三板斧”的程咬金。

其实，“豪放和粗犷”，只是刘伯鸣的硬件底气和坚强后盾，细腻的“绣花功”，才是刘伯鸣的“看家本领”。

杜杨告诉笔者：“家里的细活我做不好的，都由伯鸣来做。比如我穿的新衣裳纽扣掉了、绣线开了要修补，都得由伯鸣上手才行。”

前文介绍过，刘伯鸣曾经学画多年，一幅素描要画数万根线条，把石膏几何体画出“五个色调”，首先要“眼到”、观察仔细；其次要“手到”，把观察到的、心中想的用各种长短不等、粗细不同、轻重不一、深浅有别的线条，准确、细腻地表达出来……

如果说超大锻件是体积上的“豪放派”“写意风格”，那么，产品的微妙转角和众多细节便是诗画品种上的“婉约派”“工笔风格”。刘伯鸣必须掌控其精髓和要领，并自由转换、柔韧有余、纲举目张，才能担当起突破“横看成岭侧成峰”的一道道超大锻件难关，完成具有国际顶尖水平产品制造的国家使命！

太阳每天都是新的，日历每天都在更换不同的时序，对于刘伯鸣和他的工友们来说，却永远在雷同中追寻着不同。因为，在貌似相同的时间里，他们每分每秒都在不同的工序和技能的动势操作中，抓住稍纵即逝的“最佳时机”。因此，他们每天都像在战场上战斗，随时随地应对可能发生的意想不到的变化。

在“中国一重”，提起“锻九班”，如雷贯耳。“锻九班”敢打胜仗，“不怕任何强敌，敢亮剑！”全厂最复杂的锻活，都分给这个班。许多占领全球高地的超大锻件产品，一次又一次惊爆全世界同行的破纪录喜讯，就出自这里。

班长刘伯鸣像战场的指挥员一样，英武、果断，风风火火、足智多谋，既要掌控全局，也要做好应对一切变化、打好每一仗的准备；还要沉稳，如钟内齿轮自动地转起来，节奏均匀而恒定。

每天早上7:30，刘伯鸣要参加锻造厂早会，各部门负责人都要参加。然后他把领导排的生产任务捋一遍，做到心中有数，甚至打好“腹稿”。

早上7 :45，刘伯鸣主持召开班前会，也叫“交底会”。

一天的“激烈战斗”，就此拉开序幕——

在班前会上，要把所有情况都沟通清楚、讨论完毕，刘伯鸣告诉记录员：“通知加热工，安排起重天车工，拉炉取料。把钢锭吊到水压机上边。把辅具吊摆好。把车停在5号门，趁热打铁，一切以快、准、稳为标准！稍一慢，在外边晾10分钟，钢锭晾凉了可不行，我们必须争分夺秒！我们最有效的时间是上锤前的20分钟，这是黄金时间，我们必须抓住。同时要注意生产步骤，注意细节，提高生产率。”

在工作现场，刘伯鸣像个决战沙场的将军，雷厉风行、大刀阔斧地排兵布阵，调动“陆海空”三军进行无缝对接合作。天车为“空军”，泵站为“海军”，一群操作工友为“陆军”。三军将士必须完美配合、指哪打哪，不允许出现任何纰漏和差错，满足工艺要求。

“今天我们生产的锻件难度不小，在接班前，要把设

刘伯鸣工作场景照

点检查好。每个人注意自己的站位，别站在危险的地方。我每天都一再强调的质量问题，现在还要强调，产品质量必须要有保证。盯住每一个细节，一旦有裂纹伤，必须清理掉。”

“张成，你负责辅具摆放和更换。活件完成后，抓紧装炉，避免影响活件芯部温度的变化，影响产品质量。要根据锻件的尺寸，确定收口套。干活过程中，选择不同型号的天车。确定压下量，确定每锤压下量的尺寸，确定不同截面的位置和尺寸。”

刘伯鸣对记录员曹培峰说：“取料时要特别注意，这活件比较大，天车吊出来时，看好过路行人，防止铁皮掉下来烫伤他人。尤其落到有油的地方就麻烦了，容易着火，你要跟住。”

他又转头对核对工吴刚道：“去把各部分尺寸算好，核对准了。”

他指了指水压机司机巩仁海，说：“压下量 300 毫米，注意观察操作机的高矮，锥体成杠靠不靠上，旋转角度不能大了！”

他告诉天车操作工孙继刚：“北 550，翻杠机要端平，必须跟操作机配合好，一起往下落。”

他转头指挥水压机两侧的锻工李志强：“注意进给量，注意表面质量情况，看住椎体马杠，和活儿一定要贴上。”

“大家要严格按质量标准干活，高效高质地完成既定的生产任务。操作时精力要高度集中，操作人的眼睛要始终不离活件，一旦走神，一锤下去一个坑，或者一锤压错位，活件就废了！”

一切全在动势中，天车在动，操作机在动，走台在动，大锤在动，操作机与天车配合的旋角也在动……

刘伯鸣必须在动势的瞬间抓住转眼即逝的“静态”，并以最快的反应速度作出针对性决策，指挥到位。

现场的每位操作者都要极其认真，注重产品质量，眼盯脑转，聚精会神，一点都不能分神。

刘伯鸣告诉笔者：“这活儿又脏又累，又很枯燥，对身体消耗很大，每一步每个环节都不能出现纰漏，否则会给后边的工艺造成巨大麻烦！择一事，终一生，很了不起！凡是坚持干10年的，都是英雄！”

采访中，很多人异口同声地称赞刘伯鸣的手艺。当年“中国一重”水压机锻造厂有四个锻工班长，谁干得好，谁干得差，把产品摆放在一块儿，一比立现。其他人做的是产品，盲评时评委指着刘伯鸣的产品，称这是“展品”！

尽管这样，每一次在车间工作，刘伯鸣都精神紧张，一点都不敢松懈，锻件一旦出现裂纹，刘伯鸣就会如临大敌：“赶紧吹氧！”

上述工作顺利完工，刘伯鸣才发出最后一道指令：“通知技术员，把活件吊走、入炉！”

“干就不能出错，要么就别干。”

“上手就开打，决不能打败仗！”

因为锻件出现裂纹的偶然性特别大，所以要格外细心，及时发现，及时吹氧。有一次，一个裂纹被大钢锭身上的氧化铁皮遮挡了，没被发现，后续锻件上有伤，导致产品报废。

刘伯鸣反复讲述这个负面例子，要求大家特别细心，决不能重蹈覆辙。他还把这个案例记在本子上，在班组会、在培训班上反复讲，以杜绝差错发生，并要求每个人都引以为戒。

在芯棒拔长上，即中间穿根芯棒，通过砧子拔长锻件，刘伯鸣反复强调注意点：两侧端头压下量和旋转角度，保证端头平齐，决不能出现长短件。锻件上下阴阳面加工，高温时压下量小，低温时压下量大，使两端平齐，长度严格按工艺要求控制。

刘伯鸣向来是讲义气的豪放派，一提请客，他会第一个热血沸腾，意气风发地喊出“我安排”三个字。可是，在工作现场，他却是有名的“只认工艺不认人”。

2008 年，锻工郭振从别的班调到刘伯鸣麾下的“锻九班”，改行当水压机司机。郭振很高兴来到声名远播的“锻九班”，“虚说”名气大、人才济济，“实说”产品质量好、班产吨位多，奖金也比其他班高出一大截，多时甚至超过两倍。许多外班人争相要来刘伯鸣的“锻九班”，有的工友还因为争取未果而掉下了眼泪。

潘惠泉时任一工部班长，宁愿调到刘伯鸣所在的二工部当组员，每月少挣2000元钱，也不在乎。因为他看好“锻九班”光芒四射的发展前景。

潘惠泉是轴件类“大拿”，出自他手的产品，完全可以免检。真能那样吗？负责质量检查的领导很生气，责令重新检查潘惠泉的轴件，结果件件都是优质产品。

笔者采访时，潘惠泉已是铸钢事业部水压机锻造厂班长，“轴类产品大拿”的声名如雷贯耳。他带出了三名徒弟，其中两名已经当上了班长。

郭振刚来，刘伯鸣对“锻九班”添人进口表示热烈欢迎，他再次自掏腰包领工友们热热闹闹地来一次欢迎酒会。第二天，有工友提出，大家刚刚完成一件大锻活件，应该喝酒解解馋。“这好办，”刘伯鸣立即兑现，“我安排！”郭振为加入这样激情四射、火热沸腾的集体而兴奋，为有这样技术高超又待工友如亲兄弟的班长而兴奋。不承想，第二天在工作岗位上，刘伯鸣让郭振大吃一惊——

“作为水压机司机，”郭振告诉笔者，“我和班长的工作关系非常密切，班长就是我的大脑，我相当于班长的手。班长让我干什么，我必须做到。反过来说，我这双手是班长的，必须要‘好使’，大脑跟班长一个思路，班长想到哪儿，我的手就到哪儿。

“可是，我刚开水压机，从不会到会有个过程。冷不丁地干支撑滚子锻件，手生啊！因为锤花大、压下量就大，容易产生折伤。加上锻件加工难度很大，两边的直径不一样，外圆一端大、一端小，又是斜形。旋转角度压下量，让两端达到一致。班长在高处，能看到全面，而我只能看到一个面。压下量一大，刘伯鸣突然就大声训斥起来：‘郭振！你就这么干工作？你这样干对得起厂子对你的信任吗？作为一名水压机司机，为什么不把底线设计好？我们是打铁的人，每一道工序都要精益求精，每一件产品都必须过关！’”

这番话像寒光闪闪的兵器，一掷出去就把郭振所有的穴位都点住了！

然而，刘伯鸣的愤怒还在升级，那眼神如刀一样划过来，流光火辣。他猛地高扬手使劲往下一甩，“啪”地一下把手中的对讲机摔在地上……

郭振的脑袋“嗡”地一下，昨天晚上还在一起喝酒呢，今天刘伯鸣怎么突然火冒三丈，像训三孙子一样训人？

当着这么多工友的面毫不留情，郭振觉得太伤面子，胸口像压着一块大石头，憋闷得出不来气。

中午，刘伯鸣买盒饭送给郭振：“刚才给你训了，请你谅解，我是对事不对人。”

晚上，郭振彻夜睡不着觉，刘伯鸣中午送他的盒饭，只是像橡皮一样擦一下、放出去一些闷气，却擦不净他被伤面子的自尊。

第二天，同样因为曹培峰工作不到位，刘伯鸣当即“翻脸”，狠狠地训斥了曹培峰。谁都知道，刘伯鸣与曹培峰是技校的同班同学，又是私下里非常好的朋友，从上学到现在就没分开过，怎么也这样不留情面？

在刘伯鸣心里，标准就一个，造出长中国人志气的锻件，造出在全世界畅行无阻、人人称赞的产品。其他一切都不在考虑范围内。这也是唯一衡量人与人之间关系的标准，而不是没有原则的一团和气。

那么，如何将纸上谈兵落到实处，把那些靠尺度和计算机都算不出来的度和标准变成产品？这个度和标准谁来把握，要求和根本点在哪里？刘伯鸣认为，答案就是：它在大工匠的眼里、心里和手感里。这也是难度所在。如果心里没有，眼里、手里怎么会有？眼里的精度是心灵的反应和回照，这功夫需要熟能生巧，手感是全身神经所作出的一致性反应；这功夫需要的又不仅是熟能生巧，而且还需要极高的自觉意识、判断能力和操控水准。

刘伯鸣清楚，要让大锻件在细节上和工艺上滴水不漏，先要把自己的管理工作做得滴水不漏，只有管理上的滴水不漏，才能保证工程质量上的滴水不漏。在工作现场，他能够事无巨细地盯住这些，就是一种超强的本领。而且，刘伯鸣实现的是每个细微环节，他都盯得死死的、牢牢的，不轻易让你通过不该马虎的每一个似是而非的细节。刘伯鸣告诉笔者："我们对每一件产品都是要终身负责的，从情理上来讲，这么多人做一件大锻件，马虎一点都不行，每一个锻件产品出自哪个班，何人之手，都有清晰的档案记录，一旦出现问题是要追责的，这些饱含着汗水和科技含量的产品可能比我们的寿命还长。

"要想到我们不在设备身边，如果这些锻件出了问题，现场修复之人或后人也就把我们从负面例子教科书里拽出来，谁愿意这样？我们不仅是大工匠，也是普通的人，都有人的尊严和灵魂，绝对不能因为现在的马虎、不负责任，而让后人践踏我们的尊严和灵魂。相反，我们人人都应为参与制造国之重器而自豪，人人都应该为做出能传留后代的产品而感到光荣。

“我们创造的产品是国之重器，这里不仅有高超的科技含量、奋斗精神、大工匠高超的品格，更有为国家建设挺起脊梁、肩负起百年大计的历史责任。哪怕我们不在了，这些大锻件还活着，它们就是我们延续的生命！”

我相信每一个接触刘伯鸣的人，都会越来越喜欢他。他豪放仗义，有血性，敢担当，做事干净利落。他热情、真诚、率性、直来直去，从不拐弯抹角。他站在高处眺望，打开视野，展望未来。他也能伏下身段、匍匐做事，

超大锻件

比小学生“描红”、工笔画家“开眉眼”还要认真地做好细节。他对大锻件质量的要求非常严格，在管理上不放过任何蛛丝马迹，质量至上。他总能发现人之所长，最大限度地调动团队每个成员的积极性，一起披肝沥胆、卓绝奋斗，再攀新峰。他总是把好的人格放在第一位，这是人生的主旋律，也是人性的主旋律，更是战胜一切困难、夺取胜利、行稳致远的根本保证。用最好的技术做最好的锻件，以最好的心思做最好的产品。他哪是豪放铁匠啊，还是“微绣”艺术家，六七百吨的“巨无霸”，居然要求精度误差控制在毫厘之间！刘伯鸣的妻子杜杨告诉笔者，家里那些抠手的细活儿，都是刘伯鸣干的，只要有“工艺难度”挑战的地方，都是刘伯鸣展示“刺绣手艺”的舞台！

如果说水压机生产车间就是一个交响乐团，每位工友都是“乐手”，那么，刘伯鸣就是“首席指挥”。“首席指挥”的技能要全面，会所有“乐器”。同时还要把这个“乐队”打造成一个“最具特色”的团体。“把问题的每一个细节‘争论清楚’，有话直说，来不得半点虚伪”，便是刘伯鸣的“特色”之一。因为，“打铁人”必须都是急性子，每一件大锻件出炉都要“趁热打铁”，窗口期在 20 分钟以内。面对抢夺每一分每一秒，否则“铁凉”就要回炉重烧，会有重大成本损耗的工作现场，谁能不着急？

这种在特殊工种、特殊环境中养成的“急性子”习惯，已经注入大家的性格和血液中，甚至成为下意识和潜意识的行为。

剔除了“老好人”的坏习惯，剔除了那些专门以个人利益得失为“行为准则”的恶俗，让在其他行业和场合大行其道的“精致的利己主义者”毫无市场，是多么令人敬佩和崇敬啊！

劈开树身，把囚在里边的芽和蕊拽出来。

好男儿从不想那么多得失，嘴闭上像封冻的河流，嘴张开便奔腾向海、一往无前……把嘴边的话咽回去，纵然是成熟，而把该说的话说出来，才是担当。一个好的风气，会像良药一样逼出缩在思想里的“毒”。

刘伯鸣麾下的工人们经常为某项工艺如何决策而产生分歧，吵得面红耳赤，脸红脖子粗，天翻地覆。可是他们越吵越近，越吵越离不开这个集体，直到吵开一道道难题，他们跳脚欢呼，热情拥抱，举杯相庆，吵成亲兄热弟，到最后谁也离不开谁！

友情这篇文章允许有错字，可不许不改正。

笔者采访时，郭振早就“颠覆”了对刘伯鸣的“原始看法”，一提起“鸣哥”，他便满眼放光、满心幸福的样子。“鸣哥就是刀子嘴、豆腐心，心眼好着呢！我刚来时不了解，觉得他说话狠，接受不了。其实他就这样，对工作特别认真，跟谁都这样，有问题就训你，训完了就拉倒。他技术高超，人也特别好。要是跟这样的人都处不到一块儿去，还能跟谁处一块儿去啊？”

郭振高兴地说，他现在比别的主司机干活都快，每道工序都非常清楚。“在鸣哥的精心培养下，我成长得特别快，可以说是创造了奇迹。我从徒弟到副司机，再到主司机，就用了三个月时间，就三个月时间！正常的话得一年时间。鸣哥干活急，我必须跟着他急，成长能不快吗？”

郭振职称晋升也特别快，从技工到技师，再到高级技师，多年前他就升为了高级技师，这个行业“天花板”级的职称！

“我也是‘中国一重’水压机司机中唯一一个高级技师！我从不会到会，再到成手，全是鸣哥言传身教教出来的。我能取得今天的成就，全是鸣哥带的。鸣哥对工作严谨的工作态度，刻苦钻研、一丝不苟的精神，影响了我一生啊！”

“我参加国之重器大锻件的制造，我就是祖国建设中光荣而自豪的一员，我就要把祖国的大锻件打造成精优产品。”

时间匆匆逝去，十年八年也弹指一挥间。但，留在心中的闪光文字，像一轮永生的太阳，每天都能升起。

郭振不仅是一位能力超群的水压机司机，还“满腹锦绣”、喜欢舞文弄墨。工作之余，他还喜欢用写新闻报道的方式记录火热的生活，现在，笔者实录两篇。

报道一：《公司核电重点产品 499 吨容器法兰接管段锻造完成》

水压锻造厂：2014 年 2 月 8 日正月十八三班，公司重要核电产品 499 接管段锻压在铸钢事业部水锻厂刘伯鸣大工匠班组完成。

此次生产难度极大，吨位大，形状复杂，尺寸控制难度大，外圆一端 5300 厘米，还得保证另一端 4970 厘米。水锻厂领导班子高度重视此件核电产品，要求一火出成品。锻造过程中不是很顺利，但是办法总比困难多，上锤时锻件端面非常歪，冯班长改变了以往的旋转方向向西旋转，保证了接管段法兰长度的问题，在扩孔锻压时发现了南侧法兰段压下量变大，马上用天车纠正了三次锻件端头歪的问题；避免了成品壁厚不均的现象；在接近成品尺寸的时候，刘班长又在法兰锻可调马架上加了二次垫片，一次30厘米，一次20厘米，经验告诉他，50厘米的高度足以满足法兰段的锻造尺寸，而且确保了北侧小头尺寸也不会变大，满足锻造尺寸。在加完垫片后，冯班长又调正了操作机的旋转角度，变了22.5度，经过了两圈的锻压，一件优级品的接管段锻压出炉，锻件尺寸一次通过成品尺寸。

释放了分厂加热炉炉位问题，提高了生产效率，刘伯鸣同志身为党员又是“大国工匠”，做到了想分厂之所想，急分厂之所急，全身心地投入工作中，为核电产品按时完成作出了巨大贡献！

报道二：《炎炎的烈日锻压出火红的锻件》

天气的炎热也抵挡不住大工匠刘班长那颗火热的心，这就是工匠精神。正值八月，可以用火炉来形容这个月的天气。今天是8月5日，室外温度31摄氏度，厂房温度达到40摄氏度以上。就在这么高的温度里，我们锻七班劳模班组，在冯永亮班长的带领下准备锻造一件重要的360吨大型核电产品。在班前会会议上，班组刘班长对此件核电产品做了全方面的工作部署，要求筒体的尺寸干到进差，并且工附具的搬放和马架外圆参考值的刻线，要求仔细测量，确保筒体尺寸一次锻造到位。由于成品吨位大，刘班长要求天车在运输过程中和上压机过程中要仔细安全操作，而且要多人进行跟踪吊运，避免一切低级错误的发生，而影响360吨核电堆芯锻筒体的成品锻压。一切准备就绪，19点锻件准时上锤进行锻压，20点完成锻压，筒节尺寸控制在成品尺寸范围内，顺利完成了核电重点产品锻件，再次证明了“中国一重”制造超大筒体的雄厚实力，也为8月份产量打下了良好的基础，为铸锻钢事业部扭亏为赢攻坚战交上了一份完美的答卷！

这是一伙打铁的人，更是铁打的人，他们是铮铮铁骨的硬汉，更是具有英雄气节的男人！可是又有谁知道这些硬汉个个心灵手巧，能画最美的图画，能写最具现场感的鲜活文章，能绣出工艺最复杂的锦缎，可以说这个车间就是中国超大锻件的摇篮！

第八章 积极调动『潜在的生产力』

离你越近的地方，路途越远；最简单的音调，需要最艰苦的练习。

超大锻件的创新与演进，既需要有石破天惊的巨大冲击力，又需要温婉涓涓细流的浸润和汇入。这是一场不到终点就无法停止的赛跑，这是一场因困难阻碍而很难决出胜负，也无法结束的特殊战斗。

拼搏就要扛着骨头，去战天斗地。

“必须创新，按传统步骤，很多工艺实现不了。必须打破常规，走别人没想到的路。”刘伯鸣一直跟工友们摸爬滚打在一起，互相碰撞，说不定哪朵火花，就引燃了创新思路。或者正向启发，或者反向触发，每次把大家召集在一起集思广益，刘伯鸣都会有不同的收获。很多创新思路，竟是“无关人”的一句话启发了思路，一下子就“火花四射”！因此，肩上压着创新担子的刘伯鸣，喜欢跟工友们在一起！

刘伯鸣一头扎进工厂、扎在工友们中间，钻研创新产品技术的活儿干不完，加班成了工作常态，隔三岔五地来一顿“我安排”，花钱大手大脚，工资都没了，家反倒成了“旅店”，“报个到”就走。

两口子的工资都不高，妻子杜杨基本上见不到刘伯鸣的工资，加上刘伯鸣早上班、晚下班，家务活什么的都指不上，人也“不容易见”了！

杜杨是单位响当当的中层干部，也很忙，做家务活、接送孩子上下幼儿园以及后来的接送孩子上下学，一点也指望不上刘伯鸣。好容易盼个星期天，让刘伯鸣领孩子出去玩玩，杜杨干干家务活。可刘伯鸣要么加班回不来，要么大清早上夜班回来，倒头便睡……

跟别人怎么都行，大大咧咧，有求必应，仿佛刘伯鸣是一只摆在路边的大邮筒，别人可以随便往里面塞信件。杜杨怎么也想不明白，为什么他对家里的事都甩手不管呢？

要不是每月奶奶补助一两百元，这个家就要黄了！

杜杨忍无可忍地提出离婚，“豪气的”刘伯鸣也火冒三丈，二人双双奔向民政局。要不是奶奶及时阻拦，“大孙女，你要看伯鸣的长处啊”！二人也许已经各奔东西了！

“又是奶奶帮的忙！”杜杨再一次重复，“奶奶像妈妈一样”，便红了眼圈。奶奶93岁离世前，最不放心的就是孙女杜杨。老人把积攒有三千块钱的存折拿出来，对她的两个女儿说：“你们谁也别挑，这钱是给我孙女的。”

提起奶奶，杜杨特意让笔者看看她戴的金手镯，话没出口先落泪，这手镯又是一个感人的故事。奶奶去世之前三四年，特意买了个大金手镯，寄放在上海的女儿家。原来，奶奶生前万般牵挂地向女儿交代道，这手镯在她死后再交给孙女杜杨，“要是我孙女生活不下去，就卖了这手镯渡过难关吧”！

提起往事，刘伯鸣也愧疚地说：“那些年，我对不起媳妇和家人啊！”

杜杨说：“理解刘伯鸣是一次很偶然的细节。”当时刘伯鸣在单位攻关好多天不回家，杜杨给他送几件衣服。看到丈夫的工作环境，杜杨触动很大，也很“震撼”！没想到丈夫的工作环境这么差，这么艰苦！大热的天，在烧红的大铁块子前拼命干，不烤煳了吗？那是杜杨第一次进车间，很是心酸，也很怜惜丈夫。白工作服几乎成了黑色，丈夫戴着口罩，鼻孔外全是灰尘。此后，杜杨再也不挑刘伯鸣不顾家了，还天天给丈夫做木耳吃。刘伯鸣问：“怎么天天吃木耳？”杜杨忍住心酸，只用两个字回答：“清肺。”

和好如初的夫妻重新唤醒了爱情，感觉就是不一样：即便是被旅途吹裂的嘴唇，到家就是山清水秀；哪怕回头看看自己的脚印，都是唱歌的口型。

杜杨对丈夫的“理解”给刘伯鸣很大的启发：“应该让所有的家属，都知道自己的丈夫在外边做了什么，有什么意义。”

教养是一个人的精神世界，也是一个人的袖中乾坤。刘伯鸣在思索，如何让柴米油盐这类家庭琐事，理直气壮地登上大雅之堂。

时逢刘伯鸣率领全班连续三个月夺得生产效率“团体第一名”的出色成绩，奖金高出其他班一大块，他决定利用休息时间组织全班工友及其家属出去尽兴地玩一次。

头一次出门到齐齐哈尔市碾子山，工友们“鸣哥、鸣哥”地叫着，因为家属们不熟悉、多数头一次见面，所以各自坐在火车座位上，有些生分。刘伯鸣从车厢售货员那里买了两副扑克，乐呵呵地招呼大家：“来来来，咱们玩一会儿，打扑克！”仿佛所有人都是他的老熟人，叫这个大嫂，叫那个弟妹，男孩子他叫儿子，女孩他叫姑娘，一下子全给点燃了！“打扑克”成了友情链条，很快把大家全都“串在一块儿”，成为临时组建的“友情共同体”。

火车向前奔驰，工友和家属的友情也在向前奔驰。下火车前，大家仿佛已是熟悉得不能再熟悉的老朋友，为接下来的尽兴疯玩打了个好底子。

登喇叭山，安排壮汉打头阵，刘伯鸣殿后，女人孩子们在中间，大家你扶我拉、你呼我唤，俨然是一个让人羡慕的“大家庭”。在山上野餐，人们欢快地交流、拉家常，友情更上一层楼。就数在碾子山漂流最疯狂，所有人都身穿紫红色救生衣，头戴小盆“钢盔”，每有邻船过来举盆便泼，没有别的船时，刘伯鸣带头“自残”，并号召大家“互泼”，瞬间水花飞溅，起哄声、喊声四起，大家兴奋、疯闹起来，每个人都是被“殴”的对象，也都是“攻击先锋”，此起彼伏，高潮迭起……

刘伯鸣及其团队在锻造现场

刘伯鸣利用晚饭“开杯酒”的机会说了几句，工友们和家属们已经“熟得不能再熟”，没有官架，不论职衔，早就拆掉生分的篱笆，相互间很是亲昵，以兄弟姐妹相称。

“鸣哥”兴奋地向家属们“汇报”：“你们的男人很了不起，在干国家大事！天上飞的，地上跑的，海里游的，那些难干的‘大锻件’，核电上有，石油化工上有，国防军工上有，加氢产品有。这些都是国家重点工程，都是世界顶尖的产品，也是外国人卡我们脖子、花多少钱都买不来的产品。但是，被你们的老公给做出来了！你们的老公每天都在为生产这些庞然大物而奋斗，你们的老公很了不起，你们要为你们的老公而自豪、而骄傲！”

见嫂子、弟妹们都被感染，脸上闪着点点泪花，第一次听到自己的老公如此“伟大”，在为国家富强而奋斗，个个脸上洋溢着幸福的表情，“鸣哥”的话锋一转：“咱们之所以取得这么多的成绩，赢得那么高的荣誉，离不开各位嫂子、弟妹的关照和支持。男人们整天在岗位上忙，家里许多男人该干的活，都由女人来干。本来男人该承受的东西，也都由女人来承受，我对各位嫂子和弟妹，充满无限感激！感谢嫂子，感谢弟妹，感谢兄弟媳妇对我们工作的支持，我的哥哥、兄弟有照顾不周的地方，请各位谅解。哥儿几个好好上班，把钱挣回来，交到家里。大家有困难跟我说一声，我尽力办。我帮不上忙的，大家共同想办法。一句话，工作要干好，日子也要过好！

“同时也感谢所有的兄弟们！我们经常加班。一加班就早出晚归，上白班，六点钟起来，七点多就开班前会。上二班，别人睡到正香，我们三点多就从家里出来。上三班担心睡过头了，往往休息不好，24 点上班，半夜 11 点就得钻出热乎乎的被窝，赶紧出来。大家常年四班三倒，家里这么多事，天天看不到你人。唉，非常辛苦……”

“鸣哥”不想让气氛沉闷，又“唱起高调”来，如数家珍般一个一个地介绍他的工友，在做什么，专业上有多厉害，听得工友们既吃惊又激动，“鸣哥”心里有我啊！

那一刻，什么委屈和辛苦都烟消云散啦，只剩下浓浓的感动……

“鸣哥”的妻子杜杨也借机向各位工友兄弟们“道歉”：“伯鸣脾气不好，说话深了浅了的，别往心里去。”

高级技师、水压机司机郭振告诉笔者：“我们是一个团队的，我们之间的配合度，往往决定了产品的效率和质量。不光工友在一起要团结，增进沟通，让媳妇支持我们，也特别有必要。‘鸣哥’这么一说，媳妇知道我们在干什么，而且干的全是国家大事，这太重要了！”

工友只在工作中忙碌，相互间很少沟通和交流，难免出现误解。误解很有可能会导致工作配合中出现误差。

这种热气腾腾的聚会，便是“打通梗阻”的好方法。尤其干“热片”（又称“红活”）锻件活，能否在“趁热”的 20 分钟内的窗口期把活儿干好，主要就体现在团队合作精神上。合作的最高境界首推“配合默契”，不用说话，甚至不用手势，在所有环节都能“心领神会”，这才是工作的至高合作水准。

刘伯鸣接受央视采访

这样的聚会，打通了互信通道，增进了工友和工友、工友和家属间的理解、支持力度，高效推进了工作。

每次聚会，“鸣哥”都要着重强调：“如果谁家有困难就跟我说，我能办的一定办！我办不了的，咱们共同想办法。”

每次聚会，大家都热烈响应、积极参加，没有一人缺席！大家把这样有温度的聚会当成一个盛大节日！

聚会高潮，大家嗷嗷起哄，把麦克风硬往刘伯鸣手里塞：“鸣哥，来一个！鸣哥，来一个！”

刘伯鸣便亮开嗓门，气势磅礴地唱《精忠报国》：

狼烟起
江山北望
龙旗卷
马长嘶
剑气如霜……

尤其唱到尾段，刘伯鸣将声音再次提高：

人北望
草青黄
尘飞扬
我愿守土复开疆
堂堂中国要让四方
来贺——！

尾句若万吨水压机大锤从高空狂猛砸落，山呼海啸、地动山摇，大家激动得站立起来，掌声在叫好声中久久爆响……

刘伯鸣和杜杨唱歌的风格反差很大，前者若大潮翻卷、惊涛拍岸，让人热血沸腾，后者如缠绵细流、低吟浅唱，走心而催人泪奔……

杜杨擅长用流行风格唱她最喜欢的《天亮了》或《妻子》。她总是以走心的旋律和歌词，让大家的心沉下来，在感动中回想，在回想中感动。她在《妻子》中唱的仿佛就是自己，也似身边的姐妹……

这些年的不容易，我怎能告诉你
有过多少叹息，也有多少挺立
长夜的那串泪滴，我怎能留给你
有过多少憔悴，也有多少美丽

杜杨的歌声暖流一样走进现场，滋润在场所有女人的心，姐妹们深深沉醉在歌中的情境，悄悄地点燃共鸣，她在唱自己，也是在替所有的姐妹唱……

熟透的爱情，已经长成同一根连理枝。刘伯鸣没有鼓掌，而是悄悄地走到杜杨身边，轻轻地拉着妻子的手……

聚会居然成了工友和家属们每年最盼望的事，早早就有人问询：“鸣哥，今年我们上哪儿啊？别花班里的经费，我们 AA 制，掏多少说个数，这钱花得值啊！”

刘伯鸣决不食言，把关心每一位职工的生活当成“自己的事”。

谁家的孩子上学难，谁家的孩子和老婆就医难，谁家有大事小情，刘伯鸣都热心帮忙、亲自登门，把调动工友们的劳动积极性“扩员”到家庭，释放出许多不能计入生产效率之内，却又无比旺盛蓬勃的“潜在生产力”。

“好口碑”不是打造出来的，也不是涂粉宣传所能及的，而是用品行说话；“一呼百应”不是嗓门大，也不是能力强，而是与工友们同频共振的心率和心贴心的坦诚与温暖。

第九章 会当凌绝顶

刘伯鸣和工友们总是在水压机前大摆战场，与突如其来的困难博弈。

蒸汽发生器上的水室封头，是核电反应堆上的重要锻件，也是核电产品的心脏。反应堆有很多种类型，其中最普遍应用的叫压水堆。压水堆的全称叫压水漫化冷却反应堆。通俗点说，就像压力锅里加入水，加压后就不会发生沸腾。

现在我们直切主题，如果核电的“心脏”出了问题，将会有怎样的后果？

锻造水室封头的头一道工序是厚厚的直钢板变成圆板，再通过冲压工艺，让它弯腰低头，躬身变成“锅形”。这个造型怪异的巨大的圆锅锅底下方，还向外斜着凸出两个短短的一体化圆形管孔。

这家伙“造型怪异”，锻造过程火次多、性能要求太高、辅具准备烦琐，换言之，这家伙多个方面的锻造水准难度都达到了挑战的极限！

刘伯鸣反复琢磨、研究、揣摩锻件工艺图，不禁暗暗吃惊，要达到图纸上的工艺标准，必须达到“集锻造难度之大成”的极品锻件水准，这太难了！

刘伯鸣清楚，现在除了迎难而上，没有退路。生产流程走到锻造这一环节，前边的多道工序已经投入太多成本，凝聚着无数人的心血，现在把它交到自己手里，无论如何也不能有半点闪失！

刘伯鸣凝望着封头板，锻造、冲型、冲型封头两次管嘴翻边，这四道工序，每道工序稍有差错，将会波及、影响乃至左右下道工序的质量。

刘伯鸣盯着它们，如同遥看四座陡峭、直插云端的高山，不知道手攀哪儿、脚蹬哪儿，也没有可扶抓的东西，可刘伯鸣却知道，他必须攀上去！

决心好下，活儿难干。每走一步都像在过机关暗道。

这样一个“怪异”的庞然大物，中国没有人做过，世界上也从来没有过，更不用说谁用过了。刘伯鸣和工友们想出来的奇妙办法，都是一步一坎的创新攻关的过程，而每一个环节的攻坚克难，都不亚于一场激烈的战斗！

首先，锅底下的两个孔就难以定位。一旦孔偏了，这活件就废了！

巨型“大圆锅”，被水压机把这个大“怪物”老老实实地摁倒、控制住，任其摆布。通红冒火的身体散发着强烈的、野蛮的、侵略性的烤人热量，电视台记者把摄像机凑过去，热浪“呼”地一下喷扑过来，吓得他赶紧退了回来，担心烤化了镜头……

“火焰山”大口大口地喷吐热能，浑身抖动着红色的氧化碎铁，带着一千多摄氏度的高温强烈示威，宣誓自己的热能主权，拒绝所有人靠近。

刘伯鸣却迎着热浪靠上去，登上同样热浪喷扑的4米多高的塔架，忍住“前半身”被炙烤的疼痛，手持长线拴着的吊坠，测量准确“中心线”。只有用吊线上的“吊坠”找到中心点，四个角度全量到位，把数字记在本子上，拍下照片，以此推算，才能找到两个孔的准确位置。

镜头往前推，这是刘伯鸣眼盯图纸，报废了许多方案，“憋”了好几个昼夜，才摸索出来的办法。辅具摆放需要 12 至 16 个小时，活儿完不成，锻件要在炉里燃烧 24 个小时，将造成巨大的浪费！

再往前推，刘伯鸣把小时候父亲干木工活儿时，用吊坠量木料找中的方法搬到锻造车间来，终于解开了一道大难题！

锻工要精准操作，执行力必须强，要一次做好，不允许有任何闪失，更不许返工。返工一次就损失数十万元、上百万元！

以吊坠为中心点，以水压机立柱为参照基准，刘伯鸣巧妙高效地完成了间隙测量，为确保冲型质量立了首功。

“注意控制变形温度，把握好锤头压下的速度，下锤要稳，压下量要精准！”刘伯鸣一边指挥，一边量着尺寸。

各序生产求精、求细是决定成败的关键。在实际操作中，刘伯鸣全身心投入，问题浪潮还是一波又一波地迎面扑来，他只能及时应对：封头板坯锻造上的精度要求极高，他就顶住高温反复测量、计算板坯的厚度和直径，以保证锻件余量的合理分配。此波刚平，彼波又来：板坯的

2022 年 9 月，刘伯鸣（右一）在厂房会议室内与工友讨论生产作业事项

冲型工序要求冲头和下模要 100% 对中，他就仔细、多点测量冲头和下模的间隙。

刘伯鸣为了高效、准确地测量间隙，同时杜绝板坯冲型后的小瑕疵，又发明了专用测量工具，既提高了生产效率，又保证了冲型质量。

按下葫芦浮起瓢，怕什么就来什么，管嘴翻边又出麻烦！接连碰上遭遇战，只能是碰上就打，敢打就胜！这就是中国一群最可爱的大工匠，他们既有聪慧的脑子，又有一双特别勤劳的双手。这就是工匠之路，风险和成功总是相伴同行。工匠们就是在这样的风险与成功中磨炼自己的双重本领。作为现场的总指挥，你的胆量、判断，现场组织发挥，都是决定锻件成败的关键。

最后两次管嘴翻边，辅具的使用数量多、频率高，相当烦琐复杂，设备和辅具、模具的相对位置要求非常精确，丝毫的偏差都可能导致翻边失败。尤其第二个管嘴翻边时会受到第一个管嘴的影响，翻边的质量不稳定。

水室封头锻造牵动了“众人心”，在场和不在场的领导、专家和工友们，都在关注它的“发育过程”，也期盼刘伯鸣带领他的团队能再次创造奇迹。

通红通红的超大锻件，像巨人一样站起来，身上穿着热浪蒸腾、热焰逼人的红色外衣。“巨人”的任何一次站起、蹲下或扭身都会“撑破”外衣，耀眼的氧化碎片纷纷落下。而掩藏在氧化层底下的裂纹，像特务一样潜伏在隐蔽的地方，凭肉眼很难发现，甚至根本就发现不了。

刘伯鸣和工友们在不同的角度用目光仔细扫描，试图发现这些潜伏“特务”的蛛丝马迹，在他们怀疑的地方剥去碎片。这些“特务”的反侦察能力很强，以长短不一、横竖有别的方式极力隐藏，急得大家心都快从嗓子眼儿蹦出来……

不管累死多少脑细胞，也要像啄木鸟一样，把“皱纹”全都叼出来，一个一个医治，不留一点后患！

这些“特务”到底逃不过这些经验丰富的“铁人”们的眼睛，很快就将它们一个一个地揪出来及时铲除，平息了“叛乱”！护佑一个一个超大锻件健壮无比、精神饱满，雄赳赳气昂昂地走出车间，到无人可以替代的重要岗位赴任。

工友们再次用优质产品应验了刘伯鸣的话：“就是要把‘巨无霸’的精度，控制在毫厘之间！”

为保证最后一个管嘴的翻边质量，操作前，刘伯鸣反复研究辅具和封头的相对位置以及封头的倾斜角度，一次次测量辅具和封头，严控每一个细节，力求精益求精，并精心调整活件与辅具间的角度，精细入微，精准到位，精度严苛至毫米级。这比画工笔画还要仔细，操作中更要控制好变形温度，把握好锤头压下速度，稳扎稳打，可以说是下尽了“绣花功夫”。在封头翻边成功的同时，“顺手”也解决了翻边后锻件抱模的难题，最终拿下了这个极富挑战性的大型复杂核电锻件，刘伯鸣和工友们又一次攀上世界锻件之巅！

怎能不震撼？精神抖擞的大锻件有着气吞山河的气派！凡见之人，难免心惊肉跳！哪怕表面平若静湖，内心却暗潮涌动、翻江倒海！

生产过程中的“拦路虎”一个接一个，每每突破一道难关，刘伯鸣和麾下的战将们几乎同时跳了起来，为成功，为惊喜，也为了承前启后。因为，活儿满满地排着，他们必须保持充足的体力和足够充沛的心理能量。

“我们既是勇敢战胜千摄氏度高温的壮士，要调动每一块骨骼每一块肌肉都参战。同时，我们还有一双绣娘一样的巧手，精心刺绣每一个细节，每一道工序。”超大锻件，成为“中国一重”的地标式产品，也成为刘伯鸣的代表作。

这次成功，刘伯鸣又让中国在世界同行中骄傲了一次，也让西方人好一阵羡慕和嫉妒。

蛰龙已惊眠，一啸动千山。

2014 年和 2015 年，“中国一重”再一次站在世界锻件之巅，连续攻取“16 座高峰”，能不惊喜？既有“横看成岭”的中国气派，更有“侧看成峰”的世界高度！

刘伯鸣独创的“不同步走料法”和“关键点控制方法”，在攻坚克难中再一次扬眉吐气，带领他的团队一鼓作气地承制了16件巨型锥形筒体，锻后交检全部合格，其中3件还达到了优级品的标准。锥形筒体的锻造不仅成功填补了国内锻造技术的空白，同时也彻底打破了核电“关键锻件”全部依赖进口的局面！

锥形筒体是核电蒸发器的重要部件。十几年前，中国与美、法、俄等核电强国交流引进三代核电技术时，外方对此技术就实行没有余地的严密封锁，以达到奇货可居的目的。

这个其貌不扬的核电锻件在国际市场上身价百倍，一件美国货就要卖几亿元，没有核心技术必将受制于人。第一代核岛关键锻件的核心制造技术一直被国外掌控者视为“利器”，秘不示人。现在，刘伯鸣和他的团队担当起突破瓶颈制约的重任，要为此产品实现国产化、自主化蹚出一条路来！

刘伯鸣感慨道：“禁运吧，封锁吧，我相信，离开这些所谓发达国家的恩惠施舍，我们也必定能掌握自己国家核电发展的命运！”

因为之前没有过先例，也没有任何经验可以借鉴，刘伯鸣和他的团队只能埋下头来，边摸索边干。

他们无经验可遵循，也不信奉拿来主义，刘伯鸣带领党员突击队发愤图强，努力钻研。

找不到题解的时刻看哪儿都不顺眼，一弯下弦月别在窗户里，像黑夜生出的一处新鲜的伤口。

刘伯鸣像魔怔了一样，满脑子都是奇异的构思和各种尝试办法。有时半宿打多个电话，与多位工艺研发人员沟通他的最新构思，然后将新构思的点点滴滴与这些研发人员深入沟通、碰撞，一笔一笔地记在本子上，再在第二天的生产工艺中大显身手。

每天都有班前会，每一个班前会各不相同。一天，刘伯鸣表情凝重、字字千钧："今天的生产情况就是这两个收口筒节，旋转角度和壁厚的掌握一定要精细化。这两个收口筒节，旋转角度、壁厚均匀、凹台的掌握，都要达到精细化。"

站在巨大的"火焰山"前，刘伯鸣和工友们再一次把希冀和成就，执着与坚韧，浇筑在精细的技能和理想之中，用 15000 吨的"巨无霸"水压机当"绣花针"，锻造出超大零件，并把误差控制在毫厘之间！

关键在出成品的火次。刘伯鸣发现辅具偏移，立刻大声咆哮起来："赶紧校正过来！这问题不解决，产品可能作废，所有工艺会前功尽弃！"

“陆海空”全员“火速攻关”，做到当场纠正！

用一步一坎来形容毫不夸张。

“平常的产品是直段的，锥形筒体的锥段一边大、一边小，如果在一台压机设备上压，它肯定变形。”

问题是，怎么可能在两台设备上干？

难题成堆啊，每一关都要愁落几瓢汗水！

锥形筒体的外形相当古怪，像是2米高、4米多宽的“米斗”，更难的是它那苛刻的技术指标，锥度、厚度、椭圆度各项指标必须同时满足，不仅要保证筒体大、小圆的同心度，还不允许出现较大的椭圆，这可是筒类锻件中形状最为复杂、锻造难度等级最高的锻件，又是开国内之先河！

锥形筒体锻造的关键难点之一在于锻件容易出现壁厚“不均匀”的现象。此外，锥筒大小端的直段部分是锻造中最大的技术难点，最能考验锻工的操作水平和应变判断能力。着手攻关的那段日子里，刘伯鸣再次“走火入魔”。上班时，他满脑子都是锻件变形过程和工艺参数，一碰到工艺技术人员就拉住人家讨论最新的方案构想和改进措施。回到家里，刘伯鸣找来面团反复模拟锥形筒体的变形，借此来体悟锻压操作中的关键要点。为了将某些关键点做细、做实，确保变形过程更有说服力，他又自掏腰包买来橡皮泥模拟锻造过程。有一次，凌晨两三点钟，灵感耀眼的闪电突然来临，刘伯鸣一跃而起，迫不及待地打电话和工艺技术人员讨论模拟结果……

刘伯鸣和工艺技术人员认真总结了前期生产的不足，透彻地分析制造瓶颈，功夫不负有心人，经过大量的准备工作，终于找到了锥形筒体在专用芯棒拔长、专用马杠扩孔叠片增减等锻造过程的关键控制点。他还提出了更具针对性的筒体拔长优化方案，不仅可满足工艺精度要求，还可以节省一个火次。

刘伯鸣在分解生产作业计划任务

刘伯鸣参加党的二十大留影

刘伯鸣作为党的二十大代表讲党课

一番苦心准备，凝聚着刘伯鸣和同事们全部心血智慧的锻造工艺方案最终确定下来。

操作时，刘伯鸣聚精会神地观察着形变的料面，不断变换着指挥的手势，牢牢掌控着质量控制的要点：轴向串动必须严格控制、及时调节，这样锻件才能保持相对位置不变；翻钢机旋转角度和压下量特别关键，更需勤调慎施，以确保锥形筒体的壁厚均匀。

现在，笔者摘录一段刘伯鸣在创新笔录上写的一段话："到了关键锻造环节的时候，我曾经两天三夜没回家，一直吃住在单位，每一个锻造过程我都亲自操作。锥形筒体一旦上了水压机锻造，就停不下来了。很小的一个环节出了问题，带来的后果都可能是整个产品锻造的失败。一天晚上，我在检查辅具的时候发现调整尺寸的部位出现了问题，如果不及时调整好，就会影响到锥形筒体的锻造尺寸。看似简单的一个小环节，可调整起来却非常麻烦，我和几个工友连夜工作，凌晨的时候终于把辅具调整好了。简单地吃了一顿早饭，紧接着又开始了锥形筒体的锻造。势大力沉的锤头带着我们研发人员的集体意志稳稳施压，精确地控制着锥形筒体的每一丝形变……国内最大的首件CAP1400锥形筒体最终一次锻造成功！随后，我率领'锻九班’一鼓作气，一连锻造了6件锥形筒体，全部一次通过检验！”

“人呢，就应该像锻件一样，千锤百炼才能出精品。不能因为一时的失败就一蹶不振，而是要越挫越勇。有一颗千锤百炼的心，有股子不达目的决不罢休的韧劲，才能更好地精忠报国！”

每个锻件，都凝结着几代“大国工匠”的智慧与风骨。从中国制造走向中国创造，“大国工匠”刘伯鸣仍然步履匆匆，一直探索在前行的路上！

第十章

『要把不可能变成可能，把可能变成现实』

老故事为什么永远鲜活，因为情怀永不过时。

2005年起，中国核电事业风起云涌，因科技创新和产品制造“主件”跟不上核电发展的步伐，像“拦路虎”一样挡住了去路！

如何解决国家重器方面的“软肋”问题，实现核电自主，彻底扭转受制于人、被“卡脖子”的被动局面，刻不容缓。

彼时，中国核电设备经历了由引进学习到消化吸收，呈现跟跑的局面。按照党和国家领导人的部署，中国与美国、法国、俄罗斯等核电强国交流引进三代核电技术时，将核电锻件作为一个重要内容进行谈判。然而，“外方就是不同意转让核电锻件制造技术”，最后只能退而求其次，从美国西屋公司（WEC）引进了AP1000核电设计和制造技术。

美国西屋公司并不掌握“核电锻件”制造技术，当时唯独日本才有。日本不仅是彼时此技术在全球的垄断国家，也是行业规则制定者和此项技术的监理国家。如果买日本的产品，第一，价格太贵。第二，要先交预付款、排队等候。第三，日本每年只限量卖两件产品。换言之，即使你花了离谱的高价位，还不一定什么时间能排上号、供上货。另外，中国核电事业如火如荼，需求量很大，每年只允许卖给你两件，岂不是杯水车薪？

不仅如此，国外在价格上也歧视中国：比如低压转子锻件，卖给美洲的价格是每只300万美元，卖给中国的价格却高达800万美元！

当中方人员对此匪夷所思的“歧视性”销售价格提出质疑时，日方人员竟这样强词夺理：“在美洲推广是我们的营销策略，至于进出口价格，是根据各国贸易顺差决定的。也是根据我们企业在各国的战略部署决定的。”

毫无疑问，全剧的所有剧情人家已经提前设计好，只等剧情的发展、高潮和尾声，毫无悬念。洽谈了一个回合下来，坐落在中国东北富拉尔基的中国核电的决策者们长吁短叹，心头如压了几重山。他们心里明白，只有中国人创造出高质量的转子，才能昂起头颅！

我们自己干，对！我们中国人何时被人吓倒、吓怕过？当年研制“两弹一星”，人家不也是前后封锁我们吗？仿佛大庆“铁人”王进喜的话在耳边回响：“宁可少活20年，拼命也要拿下大油田！”

一双双大手紧紧地握在一起，这些有志男儿个个摩拳擦掌，跃跃欲试，大踏步地向前走，准备奋力一搏！落后遭人欺与强大受人尊，其实就是一步之遥，而这一步所获的尊严可能会维持10年甚至100年。当你有能力跨过这一步时，所有的强者都会注视你、尊重你！人类不就是在被歧视和受尊敬之中抗争与奋进的吗？

为了摆脱这种被动局面，国家领导人作出顶层决策：要举国家之力，勠力突破这项“卡脖子”技术，并在国家“十一五”科技支撑计划中破例“追加”了核电锻件的研制内容。

党和国家领导人特别重视，都在关注这个问题。有的国家领导人纷纷表态、批示；有的国家领导人专门发表激昂洋溢的讲话，号召科研技术人员解决这个从无到有、从零到一的问题。

国家发改委、国家能源办、振兴东北办、国家能源局负责人亲自牵头抓此事，并连续四年在元旦前后，冒着零下 30 多摄氏度的严寒带领各个相关部委负责人，在富拉尔基“中国一重”召开现场会。由“中国一重”牵头，由“中国一重”副总经理王宝忠担当此课题负责人，联合“中国二重”、上海重型机器厂、清华大学、中国核动力研

刘伯鸣在讲解模具锻造

究院、中国钢铁研究总院，以及中国多家研究院所，共同担当超大核电锻件的联合研制重任，向实现三代核电核岛及常规锻件全部自主化发起总攻！

然而，举国家之力艰难地过了设计研发关，“图上的东西”能不能制造出来，又是一道让人心里没底的难题！

如何改写中国超大锻件“傻大黑粗”的历史？如何走出中国制造质量“稳定性差”的怪圈，怎样摆脱“一好、二坏、三推倒、四重来”的窘境？

这主要在下游的制造工艺。

美国著名企业家马斯克说：“制造远比设计难十倍到一百倍。”

具体来说，以刘伯鸣为首的大工匠们，如何能把文字性的东西、图样上的东西变成现实，把想法变成实物、制造出来，这非常重要。换句话来说，能不能做出具有国际领先水准的东西？主要在一线大工匠们。

锻造上游的铸造工匠们克服了从未遇到过的巨大困难：“中国一重”自建厂以来，最高极限是生产过500吨钢水的钢锭，但低压转子715吨，而且必须一次性浇铸，内部不能有头发丝细的裂痕……

日方公司闻听“中国一重”要自己制造低压转子，首先提出“中国一重”铸造不出700多吨的钢锭，并提出一系列质疑：“这么大的钢锭，你们如何上锻造机？你们的天车，只有550吨的设计。另外，铸件到水压机的短途运输问题怎么解决？就算上了水压机，超大低压转子的直径，也远远超出你们的锻造极限。如此高精水准的锻造，你们如何保证轴心不会偏离？如果轴心偏离了，你们如何上得了机床？另外，转子的叶片槽的深度超过了1米，就目前中国的车床和刀具现状，你们做得了吗？还有，转子的长度接近18米，主要的可是空心，这是我们日本公司用了几十年时间才攻克的技术难关，你们能实现吗？”

日方清楚，如果“中国一重”真的造出超大锻件产品，就等于挑战了他们的权威。更直白点说，他们一旦丧失了独家垄断地位，就再也没有了“狮子大开口”要高价的资格。他们既说出了事实，也呈现出对中国研发产品的隐隐担忧。

仅就低压转子锻件来说，他们高价卖给中国人，还要排队，限制每年只卖两件。“中国一重”的同类产品研发成功后，将价格压到了2600万元。其战略意义更为重要，那就是我们想生产多少就生产多少，想给谁生产就给谁生产，既满足了中国如火如荼的核电发展需要，也打破了国外垄断，让拥有中国自主知识产权的全套核电装备挺起脊梁，为世界高科技发展贡献中国力量！

当然，这是后话。

“人没压力轻飘飘，井没压力不喷油，”刘伯鸣音色洪亮，义正词严，仿佛刚刚被发电机充满电，激情昂扬地说，“这也是‘铁人’王进喜说的话。这个项目对我们来说压力是不小，但我相信，压力越大，它的反作用力也会更大！”

这是一场凭实力角斗的博弈。日本人的傲慢是有缘由的。因为正如我前文所介绍的，这家公司是这个项目世界唯一的质检机构，也是核电转子国际标准的制定者。

转子模型做出来，所有参加转子研制的科研人员和工匠们各就各位，箭在弦上！

刘伯鸣激情地向班组伙伴们演讲：“振兴东北老工业基地风风雨雨地走了好多年，‘中国一重’改革后，好不容易过了产能关、质量关和数量关，但赚钱最多的，仍然是给外国人打工制造的大型锻件。现在，我们只有一条路，自力更生、自主创新，‘要把不可能变成可能，把可能变成现实’。坚持我们的‘以一为重，勇争第一’的企业精神，‘中国一重’曾经创造过无数个第一，而无数个第一也铸就了‘中国一重’。站在新的起点上，还有无数个第一在等待我们去追求，等待我们去创造！”

见工友们被自己的“大局观”所吸引，刘伯鸣又接着说：“核电工程已经是我们中国的品牌，但其中的重要部件核电转子却是买日本的。在数量和价格上，我们一直被人‘掐着七寸’。现在，我们要长长志气，攻克难关，生产出自己的核电转子来！马上就要生产了，我们一定把问题想清楚，可能遇到各种各样的困难，咱们一定把所有将要发生的问题想清楚、想透、想具体、想仔细，如果生产过程中遇到突发事件，咱们一定要有应对方案……”

向百万千瓦级核电常规岛整段汽轮机低压转子发起进攻，太难了！这个实心超大锻件占了“五最”：目前世界上所需钢锭最大、锻件毛坯重量最大、截面尺寸最大、技术水准要求最高，代表着世界上热加工的最高综合技术水平！

好家伙，715 吨哪！当“上游”奇迹般地成功完成创世界之最的超大转子毛坯浇铸后，摆在刘伯鸣面前的头一道难题便是，如何把这个庞然大物运到锻造车间？

攻克“上游”的设计难关很不容易，当设计图纸出来之后，困难的天平一下子就倒向刘伯鸣这边。如果不把产品从图纸上拿下、创造出来，岂不是最大的失职？

世上的路有千条万条，摆在刘伯鸣眼前的路只有一条，逢山开道，遇水架桥，赴汤蹈火，勇往直前！

但当时的生产条件还力不能及：钢锭、套筒、翻钢机三者吨位之和已经超出天车额定载荷的10%，小马拉不动大车，常规的路根本走不通！

刘伯鸣反复与技术人员和现场班组工友商讨论证，最后达成一致：在炼钢厂，把水毛口气割掉。通过这种方法减重，以达到吊车所负载的重量，然后由水压机锻造厂再锻造加工。

大工匠是什么？大工匠是一个在认真注重自然环境有关经济效益的条件下，对创造创新工作极端负责任的人，他们应该有担当，敢冒险，应当在平息风险中创造奇迹。现在他们就面临着前所未有的挑战，这个锻件的难度中国未有，世界稀有，所有的过往经验都只能是一种参考。而一个心往一处想、劲往一处使的团队，才有可能干成别人都干不成的天大的事情。

未知探索和创新能力的叠加往往让人产生恐惧和质疑，这种状态往往会影响自己的决策和团队的信心与情绪，这是需要特别的毅力和意志的，最后达到的境界一定是：锻件有多大，这名操刀手大工匠的担当和胸怀就有多大。众人走钢丝，第一个领头人非常关键，身后的十人百人千人需要沿着他的步伐，盯着他的脚步，统一标准、统一步调、统一意志，甚至统一神经、统一思想与情感地行走。这样一把尺子量下去，做到时时刻刻的精准无误，这就是伟大工匠们的众志成城，共同铸造、完善的本色。

“困难算什么？万里长征刚抬腿，跌倒了站起来继续前行，这才是我们大工匠的性格。”刘伯鸣的话让工友们重燃信心。

人生要的就是惊涛骇浪，波涛中的每一朵浪花都是伟大的，他们最终会汇成闪着金光的海洋。

刚刚交上“吊运难”的考卷，如何控制拔长的锻件长度“新考卷”，又摆在了刘伯鸣和一众工友面前。

拔长是锻造的又一道难关，过长会导致锻件超高，无法进入水压机镦粗；长度不够，则意味着锻造比不足，将严重影响锻造的质量。

这又是一个“孤岛”之战！既没有现成的路可走，也找不到一个外援，后路堵死，只能进，不能退。所有的困难都挤在这个车间，所有的办法也藏在这个车间。人人都是“考生”，人人都是“监考”。“考生”和“监考”要各司其职、联袂合作，共同交上完美的答卷。他们是尖刀班，他们是探险队，他们更是铮铮铁骨的战斗队，是压不垮的铁军！他们不知道前面有多少困难，可他们却知道，咬紧牙关拼到底，直到夺取最后的胜利！刘伯鸣耳畔响起父亲的话：“人这一辈子会发生很多事情，但你记住，只要你不倒，就没人能打倒你！记住你得站直了，别趴下，无论多难，只要决心大、肯吃苦，就没有跨不过的火焰山！”

工匠们有着共有的胸襟与情怀，不固守自己的经验，也不贬他人所长，实事求是，忠于职守，勤奋努力，还必须具有高智商和高情商。工匠是将图纸变成事实的人，也是体现职业和身份的重要称呼。图纸与设计可以修改，但实施的大锻件不可能返工，返工就意味着失败！

前文说过，如果返工，将在时间、燃气上产生浪费，并打破其他兄弟车间的工作秩序，导致延时“排队”，倘若引发多米诺骨牌效应，将损失巨大！然而，最大的损失却是，减损人们对成功的信心！

工匠是以成败论英雄的，刘伯鸣只做成功的大工匠，因为超大锻件不允许他有任何闪失，必须成功。每一个细节都必须成功，这是大锻件所要求的，也是国家和厂家所要求的，更是产品质量和责任所要求的。就像骑单车，想要保持平衡不跌落摔倒，就必须往前走。

现在的难题是，尺码超大的715吨钢锭，挤占了水压机横梁间的大部分空间，原来的钢铁“巨无霸”的“口腔”几乎被塞满、“张不开口”，加之这个烧红的大家伙体温高达1250摄氏度，仿佛一大把一大把烫人的针同时扔过来，人怎么靠近啊？

早在研发初期，负责百万吨低压转子科技研发的曹志远就曾经问过刘伯鸣：“你看看这活儿能不能干？”

刘伯鸣实话实说：“这个大家伙从未干过，工艺和设备、辅具全部受制约。进到水压机底下工作，现在有的锤头无法实现，放不进去，也无法实施下一步操作。需要投入资金解决，这是刚需。实在不行，就把锤头做小，正常的锤头2米，我们改成800厘米。这样中间会扩大空间，空出200厘米的地方。”

刘伯鸣告诉笔者，登上水压机旁的高塔去量“大家伙”的尺寸，这个普通的活计，此时却惊心动魄：不锈钢卷尺一伸，迅猛扑过来的热浪用火舌一舔，“热针”立马扎透手套，把手指尖烤得生疼生疼，卷尺立刻掉漆，白色尺片瞬间被烤煳，变成黄色！手拿卷尺的工友的血肉之躯，整个前半身被烤得疼痛难忍，可是，没有退路、必须在滚滚热焰前忍痛挺住，坚持把尺寸量准……

刘伯鸣和好多工友的手都曾被烤出一片片水疱，左手烤伤了上右手，右手烤破了，再伸出已经烤伤的左手……

没有一个人退缩，因为个人情怀已经融入工作情怀中。这里没有替补，每个人都是冲锋陷阵的主力。

715 吨低压转子自主化

如果说，刘伯鸣与工友们就是一个大家庭，那么，眼前的“活儿”，就是他们的家庭成员。现在，这位卧榻在水压机怀中的“亲人”卧病不起，大家想尽办法，谁也找不出病因，每个成员都急得团团转！

如果说，打铁人是父亲，“活儿”便是他们的孩子。现在，孩子有“病”了，躺在床上不吃不喝不说话，沉沉昏睡、奄奄一息，父亲能不焦急？

况且，彼时的低压转子像个巨型胎儿，老中医仅从脉搏律动，从某些微小的细枝末节中判断出尚难发现的毛病，并对症下药、及时根治。产品则像个淘气顽皮的孩子，总是做出这样那样难以预料的事，让人吃惊，让人措手不及。但刘伯鸣清楚，他必须服从“组织”命令，让它“改邪归正”，把它调教好，让它成材，让它成为身怀绝技、在国际赛场上独当一面的“武林高手”！至于如何让它收心，怎样把“花拳绣腿”变成一招一式的“武功”，变成“同龄人”乃至“同行”中呼之欲出的英雄，则是自己的使命所在！没有参照物，没有模板可仿，没有前人的经验可借鉴，有的只是从图纸上走下来的“模胎”。有的“模胎”只是“大概模样”，许多细节似是而非，甚至连“大形”都不对。

心往一起走，黑暗也是阳光。

刘伯鸣主刀，与工友们齐心协力，通过下料、镦粗、拔长、切割、弯曲、扭转等手段，给这个庞然大物“整形整容”，令其或卧伏，或侧身，或斜立，在有高矮宽窄和四围限制的水压机柱“笼子里”乖乖“听话”，让原本丑陋简单的大铁疙瘩“华丽转身”，变成所要的雏形。这，只是万里长征走完了第一步，因为，它离成品距“成材”，还远隔千山万水！

有时候，那身着红袍的“巨无霸”简直就是刘伯鸣的“情人”！他为她失眠、忧愁，吃不下饭，也为她彻夜苦思冥想！几天几夜熬在车间，几百次拧紧眉头深思，只为换“伊人”回眸一笑！在刘伯鸣眼里，不是“情人”冷漠，而是自己没有找到她的“欢乐穴”，不怨“情人”后背对着自己，那是因为自己没有与她的所思所想所为“同频”，那么，“穴”在哪里？如何同频？这，才是攻坚克难的方向所在。

白天太阳是灯，夜晚灯是太阳。这道坎儿过不去，刘伯鸣吃不好饭睡不着觉，无时不刻不想着如何攻克难关，脑袋里只有工艺参数、各种可行和不可行的方法，以及锻件成形的所有工序和细节。

一天下班回家，看见母亲正在揉面要包饺子，刘伯鸣赶紧过来帮忙。手压面团，他仍然满脑子想着攻关的事。不知不觉中，竟把面团揉成中间粗、两端细的低压转子形状！

母亲吃惊地看着大儿子手里奇怪的面团形状，问他："孩子，你是不是'魔怔'了？"

刘伯鸣干脆吃住在单位，一个猛子扎进攻关的"无人区"，艰辛探索。

衣带渐宽终不悔，为伊消得人憔悴。刘伯鸣仿佛走过一望无际的塔克拉玛干大沙漠，他在天地相接的茫茫沼泽地里跋涉，他翻过一座又一座峰高入云的雪山，他在雾霾和沙尘暴里历险前行……

刘伯鸣清楚，无论多么难，也要抓住攻关的窗口期。这个窗口期就是速度！锻件每分每秒都在降温，大家必须齐心协力，争分夺秒地抢时间，在有效的降温中完成一次有效锻造，抢回万众期待的结果，千万不能错过时间窗口期！窗口期会难死人，窗口既是时间概念，又是科学概念，顺应窗口期的最佳时间，所有可能的困难都会迎刃而解。相反，如果违背窗口时间，不仅寸步难行，毫无作为，只能把大锻件返炉重烧120个小时，不仅浪费巨大的财力，遗留问题没有解决，而且下一火次如何办还是未知！如此往复、悬念迭出，后果不堪设想！

在大家几乎绝望的时候，刘伯鸣终于成功了！刘伯鸣扬起脸，高高地举起右拳，狠狠地在空中挥了挥，他的脸上都是笑，眼里却盈着闪闪泪光。

终于打通厚厚的困难长夜，越过黎明前的黑暗，迎来朝阳喷薄而出的时刻！当“成功”二字从数百吨的“巨无霸”优美体态和肢体语言中“跳”出来时，刘伯鸣和他的搭档们跳了起来！他们拥抱、击掌，把拳头高高地举向空中！赢得“美人”回眸一笑，掉几斤肉算什么？有这一刻燃烧的激情，值了！

穿过一片树林，不等于抵达绿叶的心。

刘伯鸣和他的工友们还沉浸在庆祝“胜利”的兴奋里，又一道技术“高墙”横在眼前，拦住了去路。放在水压机中的“巨无霸”，或许嫌空间窄，挤在水压机四柱中“不舒服”，在锤击时“一转身”，“陆海空”三军“当即傻眼”！

看来，只能采用小压下量操作，不能采用大压下量！

在需要以冲刺步伐加快前进时，却只能“小步慢行”……

这活儿还怎么干？

前文说过，锻工就是要“趁热打铁”，如果因为速度慢而导致“活儿凉”再回炉重烧，那损失就大了！

锻造中有无数次镦粗、拔长，如果解决不了旋转问题，下一步的工作将无法操作。

又牵涉到“空军”吊车问题。水压机中“乱转身”的家伙重715吨，当时吊车设备可吊400吨，最大极限可吊440吨，用此扭转“巨无霸”的转身问题几乎不可能。刘伯鸣率领的锻造人员与研发人员一起碰撞新思路、群策群力，在电脑上模拟计算、反复试验，将“巨无霸”瘦身到600多吨，可转角180度，转角360度却很困难，因为锻件烧到一千多摄氏度致使锻件刚性软、耷拉头。

真正的强者从未依靠过任何力量、任何人，他们像一棵棵百折不挠的小草，气候恶劣的冬季，他们低下头冬眠；春天降临时，他们则会勃发而出，顽强生长。

刘伯鸣指挥用高压水浇钳口降温，水喷上去后，锻件像被“灌疼了”，当即哑着嗓子拼命吼叫，身上炸起冲天白气，众多白气团“大翅膀”顿时蜂拥而出，厂房里顿时对面不见人！趁“巨无霸”被浇凉，大家赶紧把钳口带入、进行锻压，完成既定的工艺要求。

水压机最高抬8米，大锻件必须镦粗、镦矮了，这时很危险。巨锤咣当咣当地砸下，山呼海啸，一旦操作过程中砸偏，七百多吨的“大家伙”脱落下来，就是一个小型地震啊！一旦失手出现“地震”，损失将无法估量！

操作程序非常复杂，必须按技术水准和时间要求，完成“三镦三拔”，每一个步骤都要精细到极致。万一完不成，还要有预案。这个“首席巨无霸”，一个火次竟然要烧120个小时，总计要干十多个火次。一步完成不了，多一个火次就要损失上百万元！如果多烧无数个火次，操作者岂不成了罪人？

面对这一难题，刘伯鸣提出“直角站位法”。在“巨无霸”的正面、侧面，设置专门的观察人员，与天车工精确配合，不准有任何差池，大锤落下的过程中一定要放正，从而有效杜绝了险情。

刘伯鸣就此总结的勤观察、勤测量、勤沟通“三勤工作法”，像三盏灯照亮了工作暗角，也驱散和击退了无数的“麻烦”。刘伯鸣登上观察塔最高点，掌握全面的情况。他与天车司机、水压机司机和地上的工友用对讲机及时沟通，排除险情，形成完整配套的操作程序。

旋转中，需要90度碾压，正方形后还需倒角，控制它来回晃。“倒四个角”可谓惊心动魄，角窄落砧，要用套筒杆操作。一旦倒下的冲击力不当，会把水压机立柱打断，当即会损失一亿多元！

经常在这样“恐怖”的操作过程中煎熬，工友们的精神格外紧张，都把心提得老高老高，一点也不敢疏忽！

在砧子上做微型槽，相当于在高难度条件下精细“绣花”。工匠们几乎大气都不敢出，并让辅具成为灵活的手。活件进去后怎么倒，倒边上要规避倾倒造成冲击，难度很大。两侧要留 300 厘米间隙，留出变形的量，一压，活件才会按照预想的标准变形，奇迹般“长成”图纸所要求的模样。

刘伯鸣带领的“陆海空”工友们每个人都精神高度紧张，紧紧地盯着现场，盯着自己的操作的家什，听从指挥，以极为精准的默契配合拼力战斗，总算过了这道关卡……

每次刘伯鸣和工友们聚集在水压机旁，就如同战斗在前线战壕里一样，每时每刻都高度紧张，谁也想不到，下一秒会遇到什么突发事件。

刚刚完成一项攻关，还没等大家从兴奋里走出来，“新麻烦”又立在眼前：一个非常重要的活件无法完成尺寸测量！

工厂现有的设备为卡钳，最大测量幅度为直径 2.3 米，低压转子直径 3.2 米，小卡尺无法完成这个“大活件”的测量！

如果尺寸拿不准，是无法操作的。数据错了，导致活件回炉再烧，会有几百万元的损失！这又是一个没有退路的困难、前所未见的困难，怎么办尚且未知。但有一个硬性原则刘伯鸣却十分清楚，必须迎难而上，一次性完成！

刘伯鸣反复琢磨，黑暗中轰然炸出一片雪亮，像座刚刚浮出来的岛屿。随身携带的小本子上，潦草的字迹和图画上燃烧着抢眼的曙光：水压机立柱固定间隙为 7 米，圆形的活件放在砧板间的凹形槽上，两端各有 1.9 米的间隙。刘伯鸣打破传统的方法，采用创新方式，用直杆怼到最大点，采用 7-（1.9×2）=3.2 米的测量技术，圆满地解决了超大活件的测量问题。

为了保障速度和质量双向提升，刘伯鸣对此工艺进行了全面优化，去除糟粕，保留精华，使原锻造用时 40 多天，缩短至现在用时 30 多天，在提高效率的同时，也节省了成本数百万元。这一创新有很大的借鉴和“外延价值”，并说明只有想不到的办法，没有突破不了的困难。

2012年秋天，天若有情，辽阔的富拉尔基大平原再次捧出一望无际的金色收获，系在黑龙江腰上的嫩江和库尔奇勒河两条玉带翩翩起舞，共同庆贺这个震惊世界的科技胜利。经历漫长的十年攻关，经过无数科学家和以刘伯鸣为代表的大工匠们的合力奋斗，中国生产的AP核电常规岛整锻低压转子锻件，终于问世！

这是“中国一重”再次见证奇迹的时刻！

这是中国精神再次呈现的庄严时刻！

这也是中国核电走向世界的伟大时刻！

在近乎“零起步”的基础上，攻坚克难、“屡败屡战”，中国终于夺取了“世界之最”的优异成绩！

中国核电事业由模仿到跟跑，以全国之力突破了核心困难，接连创造了一系列“世界之最”，成为全世界掌握核电整套技术的领军国家。

“中国一重”低压转子的制造成功，标志着该厂科技研发和制造水平翻开新的一页，进入新的时代！这使中国核电彻底摆脱了被人“卡脖子”的尴尬境地，也令其进入整机国产化的伟大时代！

“主件”突破性成功，“华龙一号”终于挺起腰杆子，

中国一重“不忘初心、牢记使命”主题教育报告会上，刘伯鸣（右一）接受证书

成为响当当的“国家名片”，也成为中国核电创新发展的重大标志性成果。

“华龙一号”为中国核电所有产品的总称，是中国具有完全自主知识产权的三代核电技术，标志着中国正式进入核电技术先进国家行列。它是中国两大核电企业——中国核工业集团公司和中国广核集团公司，在30余年核电科研、设计、制造和运行经验的基础上，研发的先进百万千瓦级压水堆核电技术。

如果说，核电整机产品是世界发电行业的“巨无霸”，那么，超大锻件则是“巨无霸”的心脏部分。“心脏”是整机、全套核电技术的关键和命脉所在，要不来、等不来、求不来、买不来。因此，才引出前文的话：“外方就是不同意转让核电锻件制造技术。”这，也是刘伯鸣和他的团队攻克重重难关、创新无数锻造方法，终于制造出超大锻件产品的重大意义所在……

核电只是发电领域的重点行业，超大锻件“主宰”的行业遍及太多重点领域，主导能源的石油化工，地上跑的汽车、坦克，水里游的航母、军舰，天上飞的战斗机和民用飞机，到处都有高科技锻件的身影……

锻工的生活，貌似在不断地重复着前一次循环。其实每回都不一样，回回都似乎在诸多不确定中寻找一个确定性，在不可兼顾中寻求兼顾。

2019 年，在锻造世界上最大的石化压力容器 EO 管板时，锻件巨大又复杂，锻件上有 17000 多根管子，管子上有一万多个孔眼！

从体积和规模上，刘伯鸣和工友们又碰上了一个“小蛇吞大象”的难题！

水压机立柱间距为 7 米，可以干 7 米以下的活。但，此活件直径达 8.8 米，一下子难住了大家！

“设计师可以天马行空，但我们这些工匠必须脚踏实地。然而，把纸上的设计变成产品会出现许多新问题，这时候我们这些工匠就要发挥想象力和创造力地生产，让设计落地。换句话来说，在设计师给出的大框架内，我们要完善许多许多的小设计，再把这些大设计和小设计天衣无缝地衔接起来，变成一件完美的超大锻件艺术品。”

刘伯鸣已经习惯这样的思维方法：哪怕遇到再大的困难，脑海里的第一个反射便是怎样解决问题，决不轻易说“不”！

刘伯鸣麾下的工友也养成了这样的思维习惯，碰上困难很正常，没有困难反而不正常了！

锻造中所有出现的问题都是突发问题，因为在这之前没有任何准备，也毫无防范，问题突然就冒了出来。问题从哪里来？如何确定解决思路？怎么找到解决办法？都是未知的。但有一点却是殊途同归，即要快快地想办法，快点动手，快点解决问题，因为大锻件是火红的滚烫的。要抓紧分分秒秒趁热打铁，否则速度慢了就会影响进度。做不完回炉重烧的，仅仅燃气费用一项就要花费数十万元，如果多回炉几个回合，就可能损失数百万甚至上千万元！既要沉稳，防止误判造成失误，又要迅速决策，迅速伸手，迅速解决问题！在战略上藐视敌人，在战术上重视敌人。刘伯鸣既管战略又管战术，而且要把二者相得益彰地结合起来，谈何容易？工程技术领域，像国际政治间的斗争一样残酷。强者为王，历来如此。因此，刘伯鸣明白一个道理：自力更生、创新创造才是硬道理。办法在哪里？在你的心里，在你的意志和信仰里，在你坚持不懈的奋斗与实践中！大工匠还有另一手，那就是能干加巧干，否则再闪光的智慧与创新，也只能束之高阁。这需要双向奔赴，既有顶层设计，又要匍匐前行……

刘伯鸣同科研人员和工友们反复研讨、碰撞了无数次，毫无进展。

该想的办法都想了，连续多次攻关又败下阵来，现场已经有人开始叹气，泄劲的情绪也出现了。刘伯鸣把骨干叫在一起，一方面鼓足干劲，另一方面调整大家的情绪，越是在这个时候越不能泄气松劲，谁也没有干过这个锻件，如果那么简单、容易，就不是世界级难题了，外国专家也不会用此来卡我们的脖子。

刘伯鸣虽然在做大家的思想工作，其实他内心也不平静，攻关拖延的时间越长越不平静，但他必须克制，必须冷静，因为没有其他选择。作为一个指挥员，你必须理性、冷静。在这个时候，你的内心一定要比任何人都强大与坚定，你内心透出来的情绪和表情会影响整个团队；你要让攻关成功，就必须坚定和保持理性，同时还要有智慧和解决办法。虽然刘伯鸣想到几个貌似可行的新办法，但还是不行。刘伯鸣心头泛出一丝忧虑，他知道自己必须顶上去，无论如何也要用胸膛去堵枪眼了，像黄继光一样，不然没有其他办法克敌制胜了！

刘伯鸣索性抛弃以往的思维定式，居然大胆地提出冒天下之大不韪的思路，向又一个“不可能”发起挑战！

如果把水压机比喻为壮汉，那么，四根水压机立柱则是顶天立地的巨腿和巨手，撑起一方世界，划定安全区域，把所有锻造的“大家伙”都护佑、抱在“怀里”，确保大锻件在安全舒适的环境下，完成使命和重托，让完美的设计变成完美的产品。现在，这四根顶梁柱仍在尽心尽力、尽职尽责地工作，只是它们的“手臂”短，够不到大锻件所需求的地方，或者说，它们脚底的砧板面积太小，放不下过大的锻件。那么，延长它们的手、扩大砧板面积不就行了？

刘伯鸣提出一个超常规、让所有人都目瞪口呆的思路：采用“小锅烙大饼”“擀饺子皮”的方法，让“悬在空中”的难题“落地”！

刘伯鸣称这为“体外锻造”。这颠覆性地改变了原有传统的操作方法，把巨大的锤头顺过来，旋转到90度，通过走台的不断移动进行精准的操作、布锤，不断移动“大饼”，使之在脱离四根立柱的“外疆”，完成“扩大面积”的使命。

在操作的过程中，产品需要“转着干”，如同擀饺子皮也要“旋转着擀”一样。问题是，数百吨的大锻件太大，擀饺子皮的不是手，而是天车、走台、巨型锤头和移动旋转的砧座等辅件，在人力和辅具的精准配合下完成，其艰难和惊险可想而知……

擀饺子皮施力不匀可能上大下小，烙这个“大饼”也一样。为了解决此难题，把活件架在砧座上之前，刘伯鸣在下边摆上两合金吊链，利用天车钩头配合，把吊链顺过来、锁死；采用一南一北两个链子轮番翻个儿碾压，东边起、西边落，或者相反，把活件翻转过来，实现小头端变形，让锻件尺寸上下均匀相同。

当这个“小锅烙大饼”的超大锻件顺利“出锅”时，

所有技术指标都那样精准，形象那么完美、漂亮，刘伯鸣和工友们个个激动，有的拥抱，有的呼喊，有的向空中挥拳，有的向身边工友的肩膀使劲地拍一巴掌：“太好了！”

在水压机边，在浑身仍然冒着热气的超大锻件身边，刘伯鸣和他的工友们向全世界证明，别人能做到的，我们也能做到。别人做不到的，我们也要做到！

负责超大锻件科技研发的王宝忠时任“中国一重”事业部总裁，也是现场型务实的领导和科研人才，为了制造出合格的产品，他一个班一个班地跟，有时在现场连续工作 30 多个小时。

当科研人员憋得脑瓜儿疼时，王宝忠说：“别在这研究了，上一重车间找刘伯鸣他们去！”

王宝忠主张：“要理出一个工艺方法，让班长复述一遍，说得清楚、熟练掌握，再带领全班人投入实践。因为家有千口、主事一人，班长必须指挥到位。每项工艺，都是班长代表小团队共同实施的。”

笔者采访时，中国攻克低压转子科研与生产的领军人、“中国一重”的研发“操盘手”王宝忠，已经退休九年了。但他对刘伯鸣印象深刻：“刘伯鸣勤于思考，苦于钻研，工作很出色。当时他想创新一道工艺，他的班长没有同意。刘伯鸣找到我说了想法，我觉得很有道理，认为可以试试。结果，他的想法得到了验证，很成功。在制作椭球封头锻件时，为防止模具和工件抱死、拖不开的问题，刘伯鸣提出一些改进办法，解决了这个难题。如果抱死，这个火次做不了，会影响进度，影响效率。这样不仅会造成重新入炉烧的火次浪费，更影响其他班组排队，次生影响很多。

“刘伯鸣当班长后，很有影响力和号召力，组织能力、带动能力都很出色。他自己有绝活，处理团队利益很公平，也很有个人魅力，把大家的工作积极性都充分地调动起来了。”

2019 年 5 月，刘伯鸣带领伙伴们向“过渡段与筒节一体化”课题发起攻关，要集中解决过渡段与筒节一体化面临的扩孔前两段壁厚不均、扩孔走料不同步等诸多难题。

首段生产时，刘伯鸣和伙伴们群策群力，继解决一体化筒节运输、锻件吊运等一大串难题后，又优化了专用收口锤头旋转锻造的操作方法，攻克了过渡段与筒节一体化收口端坯料角度锻造的难关。他们把这种高难技术，应用到锦州、锦西 8 台渣油加氢反应器 16 件一体化筒节过渡段，在科研技术人员的无缝配合下圆满完成，并一次合格发出。

同年 10 月，专家组在鉴定此成果时给予高度评价：过渡段与筒节一体化锻造技术属于世界首创，具有显著的经济效益和社会效益。该技术的成功开发，体现了“中国一重”大型加氢反应器制造研发的雄厚实力，实现了“国际领跑”。

人生如叶，每一个光阴流转的季节，都有嫩叶悬于

刘伯鸣被公司授予“十三五”特级劳动模范

枝头。

2014年，“中国一重”组建了“劳模创新工作室”，刘伯鸣成为领军人。公司把能工巧匠都组织起来，集中优势力量攻坚克难。

在《加氢筒节减余量》创新课题攻关中，刘伯鸣率劳模创新小组多次现场调查，分析总结了100组筒节数据，发现了102项问题点，经过周密思考和协商，最终确定了石化反应容器筒节的减余量方案。经实践检验，2014年，79个加氢筒节节约钢水量2700吨，折算资金2457万元。通过课题立项、数据分析与研究及课题成果实践检验，提高了小组成员的创新能力，也通过刘伯鸣的“传、帮、带”培养了一批优秀员工，解决了企业生产中的实际难题，为提高生产效率、产品质量及节能降耗作出了重要贡献。此外，刘伯鸣劳模创新工作室还完成了《创新生产方式加快生产节奏》和《转变方法提高长筒类锻件质量》两项课题，节约辅具资金达87.25万元。通过课题攻关，将2016年长筒类锻件合格率从2015年的86.7%提高到93.9%，优级品率从13.2%提高到18.9%，创造了可观的经济效益。

乘胜前进，刘伯鸣继续在类似的领域扩大战果，先后完成了《提高加氢封头板坯钢锭利用率》《提高支承辊钢锭利用率》《提高长筒类锻件表面质量》等多项课题。

其实，刘伯鸣每经历一次这样的困难，他和他的团队的创新意识和创新能力便获得了一个新的提高与展现。现场任何地方出现的问题都让刘伯鸣持续开启思维，提炼智慧，积蓄经验，提升了应对能力。

为什么刘伯鸣和他的团队在加工和创造超大锻件过程中，能够创造如此多的先进科技发明，并取得优异的成果，因为他们几乎都是在遇到困难中没有退路，而被“逼”出来的创新与创造。这情形再次验证了一句老话，所有伟大的创造和创新都是在走投无路时萌发出的光明与光芒。超大锻件创新的每一步，都把刘伯鸣“逼”到无路可走的地步，而他的赤胆忠心、毫不畏惧，越挫越勇、越战越勇的担当以及无坚不摧的坚韧，终于击碎了成排成排的困难，穿透茫茫黑夜，迎来灿烂的曙光。

《摸索操作机最佳启停时间》和《摸索各工序水压机使用泵台数》两个课题，弘扬“省一分钱比赚一分钱容易”的理念，刘伯鸣以居家过日子的工作态度，尽全力减少生产过程中的浪费。仅 2018 年一年，刘伯鸣的团队就设立课题 14 项，结题 14 项，实现经济效益数千万元。

核电所用的大锻件“接管件”，原来加工要用10步，经刘伯鸣持续攻关，用创新的工艺制作，6步就完成了！不计时间和人工成本，只在减少的4个火次上，就节约成本数十万元。如果锻造10件、100件呢？

锻造风机风轴迎来新挑战！刘伯鸣带领团队一天最多能生产5只，而厂家要求一个月生产300只！面对史无前例的巨大挑战，刘伯鸣没有退缩，而是召开党支部大会，让劳模、班组长挑头，联合展开攻关！

原先天车需要转个儿，吊车装时活件晃，摆弄半天后——活件凉了！

张欣宇创新了用操作机旋转带动活件旋转，一下子提高了效率！工友们兴奋啊，创新前要3个火次完成的工作，现在一个火次就完成了，居然减少了2个火次！

刘伯鸣提出“立料与操作机配合”的创新方法，并将其在全团队普及，使工效提高数倍！团队联手攻关，工友们八仙过海，各显神通，创造了无数提质增效的方法，创造了一个又一个“神话级”级战绩！

刘伯鸣和其团队如约每月完成300只风机风轴的任务，厂家听了不信：“怎么可能？”

“神话”还在继续，原来刘伯鸣的团队只能干风机风轴，两年后，又创造了为用户干整机生产的奇迹……

走好选择的路，别选择好走的路，你才能真正活出自己来。

2014年至2015年，称得上是刘伯鸣和他的团队攻坚克难的“爬坡时段”，步步上坎；也可以说是“最出彩”的重要节点，连续攻下占据世界之巅的低压转子和锥形筒体“大山头”；还可以说是刘伯鸣“最忙碌”的年份之一，组建了劳模创新工作室，成立了党员突击队；更称得上是刘伯鸣“最揪心”的时间段，父亲刘景敏得了绝症……

父亲突然间苍老，像一块被抽走力量的木头。

在单位，刘伯鸣是生产线上的核心“引擎”，从早上引擎“点火”的时刻起，他就一刻也停不下来……

下班后的第一件事，他就匆匆忙忙地往医院跑，陪伴日渐消瘦、身体每况愈下的父亲。起先，父亲催促他快去上班，别误了工作。当父亲的身体和精神双双断崖式下降时，父亲深深地依赖他，并拉着他的手不愿意松开……

几个月后，刘伯鸣成了“两头抻”的皮筋，那头，他惦记时刻未停的攻关项目，这头，他惦记病入膏肓的父亲……

这天早上，下班后一直在陪护父亲的刘伯鸣说：“爸，我要去单位上班了。”向来支持大儿子、以大儿子为豪、把大儿子的工作看成比任何事都重要的父亲，变得特别依恋大儿子，明明有亲人在床前看护，他还是想着让大儿子“别走”。闻知大儿子要去单位，父亲弱弱地说：“你爸都这样了，你还去单位上班？”

那些天，父亲没少说这样的话。刘伯鸣在父亲睡着后，犹豫了一下，还是去了单位。一到火热的工作现场，刘伯鸣便成为转动齿轮上的“重要一齿”，再也停不下来了！

第二天，2015 年 7 月 10 日，父亲竟然与世长辞！

刘伯鸣痛不欲生，一头扑到父亲的身上失声痛哭！世界上最关心自己、他最崇拜的启蒙老师，无数次在他人生转折关键岔道口指明方向的人，就这样离他而去！

刘伯鸣后悔极了：如果他不去上这个班，父亲就不会走得那样快吧？

刘伯鸣荣获“大国工匠”年度人物大奖，从北京回来后的第一时间，便双手捧着奖杯，在父亲的灵位前长跪不起、热泪奔涌，可惜父亲与自己已阴阳两隔，如果父亲能亲眼看到这个奖杯，该有多好！

“爸，我今天刚从北京回来，我得了全国‘大国工匠’大奖，我把这喜悦与您分享。儿子今天取得的成绩，全是爸爸教诲的结果。放心吧，爸爸，我一定遵照您的教导，好好工作，为创造更多的国之重器，作出更大的贡献！”

刘伯鸣每一次得奖、每一次过年，都要向父亲汇报自己的工作。

第十一章 『心和心交融在一块儿，他们才愿意跟你相处』

撒一路花瓣，不如爱一片土壤，有事业为根，爱才有远方。

水压机锻造是集体作业，众人划桨开大船，打造精品锻件，从来都离不开各位工友的密切协作。真正的成功不是孤独前行，不是打败了多少人，摆平了多少人，而是看你帮助了多少人，成就了多少人，凝聚了多少人。作为劳模和基层管理者，刘伯鸣以高度的责任感全力发挥好引领示范作用，担当起既“领”又“导”的工作责任。凝聚团队力量，锤炼团队本领，熔铸团队精神，营造“追赶超越、风清气正”的良好氛围，带领大家携手同心地把工作越干越好。

2019年，刘伯鸣依托国家级劳模工作室，组建了“工匠课堂”。刘伯鸣说：“要把为国家培养高端人才当作重中之重，你个人得了世界奖励有什么用？换句话来说，我个人再高的技术，也不如多培养几个优秀的孩子。”

刘伯鸣的大弟子张欣宇，现在已是高级技工、“锻十一班”班长。曾获得公司生产技术运动会“锻造工技术能手”荣誉称号，获得铸锻钢事业部“青年创新标兵”荣誉称号，在黑龙江省“五个百万”职工劳动和技能竞赛“名师带高徒”活动中获得“好徒弟”荣誉称号。联合技术人员共同开发了锻件在线烧剥、在线清理氧化铁皮的方法，优化了烧剥设备，创新改造出电动烧剥车等灵活高效的工具和方法，获“锻造工技术能手”荣誉称号。

刚拜师时，刘伯鸣并不看好张欣宇，他个头又高又瘦，“不像个打铁人”。可张欣宇特别能吃苦，勤奋好学，刘伯鸣倾其所有指导，有问必答、有难必解，居然成就了一对“名师高徒”……

刘伯鸣带张欣宇3年，张欣宇就当上了副班长；第

刘伯鸣工作室取得的成就

刘伯鸣劳模创新工作室整体照

7 年，荣任班长。“我从徒弟到班长，用了 21 年。张欣宇仅用了 7 年。”刘伯鸣欣慰地说道。

刘伯鸣创办的“工匠课堂”里走出来的徒弟李志强，受益于参加“工匠课堂”，现为五车间水压机锻造厂二工部副班长。曾获“中国一重”青年岗位能手、优秀共青团员、铸锻钢事业部青年岗位能手等荣誉称号。

李志强刚一听课，就被刘伯鸣“盯”上了。当时，刘伯鸣正带领工友们打拼在攻克“锥形筒体”难关的征程上。这天，明明不是李志强的班，却看见他来到了锻造现场。刘伯鸣奇怪地问他，李志强说：“我是来学习的。”

李志强话虽少，但勤于动脑。一次，他发现水压机吊锤的落位不准，立刻喊：“刘叔，停！没压上！”

面对 490 多吨的“大火焰山”，李志强毫无惧意，迎着“热浪”打冲锋，一次又一次勇敢地量尺寸，手都被烤出大疱，仍然一声不吭……

刘伯鸣特别在意“人品过硬”，这是第一位的。因为，人品就是产品。每天、常年甚至一生制造国之重器，一个人必须经受住意志、品质、技能、金钱、涉密等一道道考验，把自己的一生与国家的伟大使命紧紧地连在一起，如此才堪负国家大任！

当年单成文老师和父亲刘景敏的话像两团火，依然在刘伯鸣的心里燃烧。刘伯鸣也荣幸地把自己称为受益者，并把这些话和散发着火焰般热能的赤诚信念，传递给他的徒弟和学生们。

面对24位“00后”技校生，刘伯鸣拉开了培训大幕。

每周四下午3点半至5点，刘伯鸣和所有工匠、班长、副厂长、厂长，都要给青年技校生们授课，把自己的技能、长处传授给下一代。

刘伯鸣仔细观察过“00后”孩子们的现状，揣摩他们的内心世界，发现有些棘手的问题必须解决：第一，从讲授形式上来看，让这些没有实践经验的年轻人只在课堂上听，效果并不好。要改变这种方式，就要与实践紧密结合。第二，要根据当代年轻人的生存环境，特别确立有别于上代人的工作方法。这一点十分重要。

“我们这一代人上有老、下有小，是家里的顶梁柱，要对老人和妻子、孩子负责，必须顶天立地地负起责任。现在的‘00后’们，都是‘421’（4位老人、两口子、1个孩子）家庭结构，个个都是在‘宠爱有加’的条件下成长起来的，从来没吃过苦，更不会为生存问题担忧。别说因为一点小错扣他的工资，你就是狠狠地训他几句，或者你

“华龙一号”主泵泵壳锻件

过渡段进净成型技术研究

加氢过渡段模型

刘伯鸣工作室取得的部分荣誉证书

不重视他的建议，他可能扭头就走，辞职不干了！”

刘伯鸣把四个班长叫到一块儿：“别认为自己已经走到高端，不拿孩子们当回事儿。你往前想一想，起没起到带头作用？如果你们的一言一行没有起到表率作用，并在一些方面起了反作用，就把孩子们带坏了！孩子说的话你不听也不理，他们以后就不说了。这样干，实际上阻挡了孩子们的路。你们必须讲究方法，孩子说错了，不要断然拒绝，那样会浇灭孩子们的激情。要给孩子们机会，要多鼓励，要扶持孩子们成长！”

刘伯鸣主张“看一百遍不如干一遍”，要让年轻人上现场、上车间，把课讲到水压机边，边讲边上手。师父在后头站着指挥，让他们尽早上手操作。压对了别干扰，压错了赶紧喊“停”！然后讲解为什么不让压，原因在哪儿，应该怎么压。在最关键的环节、最关键的步骤上，别让他们错过，一定要让他们“在现场”！

“带徒弟要像父子一样，对他们真诚。心和心交融在一块儿，他们才愿意跟你相处。带徒弟、培养年轻人不光教技术，还要教他们热爱岗位、热爱企业、热爱国家，教他们如何做一个正直的人、有能力的人、能担当的人。这样，才能干得长远，他们的人生路也会越来越出彩。

“要像对待自己的孩子一样对待年轻人。大张旗鼓地讲，现在掌握一技之长，将来会有吃饭的家什。如果到我这份儿上，可能为企业、为国家创造更大的价值。别看我们现在的工作很平常，不过是日落日出，只要你坚持十年，就可能成为英雄。因为，十年磨一剑，你一定会成

制造高度度、异形锻件专用辅具专利

功，甚至有不小的成功。‘中国一重’培养了这么多的大工匠，他们当初也跟你们一样，他们的今天，就是你们的明天。我们的工作很不平常，每天都做着中国重大装备需求的产品，航天、飞机、潜艇、核电、石油化工、国防装备，以及几乎所有国家重点工程中，都有我们的劳动成果，我们为此而一辈子自豪！”

后 记

潮平两岸阔，风正一帆悬。

已经实现了让中国锻件立于世界之巅的刘伯鸣，始终没有停止前进的脚步，他在眺望远方，眺望未来，力攀新峰——“站在新的制高点，大家都是从零开始，你干了‘就是首创’”。

刘伯鸣在规划更新更美的蓝图，未来的锻件产品要提升自动化水平，也要向大型化、多功能化、复合性能压力机转变升级，既能干自由锻，又能从事模锻。

心中有江山，杯里乾坤大。近年来，刘伯鸣在全力主打“人才战略牌”。未来技术发展创新的主力军要依托年轻人，“中国一重”的未来是年轻人的，中国的未来也是年轻人的，并通过办工匠课堂班、集体辅导和一对一辅导等形式，加快和加大人才培养速度与力度。因人而异，对位培养，用饱蘸理想的激情，“引爆”年轻人的内生动力，推助他们迅速提高整体技能水平。

刘伯鸣胸怀全局，着眼未来，尽己所能，始终在培养一批、保育一批年轻人才上有效发力，确保“中国一重”续火传薪、人才济济，持续站在锻业世界的科技之巅，持续实现不断向前延伸的理想！

刘伯鸣清楚，困难一定会相伴而来。

困难算什么？只有想不到，没有做不到。只要奋力前行，一切皆有可能。因为他深信——

只要你愿意走，路的尽头依然是路。

于沈阳，2023年11月17日